KB058846

"응, 릴리스…… 언니."

그러자 릴리스가 리즈에게
볼을 부비기 시작했다.
리즈도 싫어하지 않으니
정말 사이가 좋아진 듯하다.

릴리스는 리즈를 두 팔로 들
일명 '둥기둥기' 자세를 취했

"……내가 지켜줄거

마린

용왕

류카이

류토 = 맥클레인

마을사람입니다만, 문제라도?

"I am a villager, what about it?"
Story by Arara Shiraishi, Illustration by Famy Siraso

시라이시 아라타 / 지음 시라소 파미 / 일러스트

6

리리스

리즈

코델리아 = 올스톤

프롤로그

제력 1194년.

베니슨 상회가 파산한 뒤, 라쿤 국내의 상황은 급변했다.

궁정을 좌지우지하던 공작가는 자금원이 끊기는 바람에 힘이 눈에 띄게 약해졌고, 알베르왕의 힘이 그만큼 강해졌다.

이를 계기로 지켜만 보던 귀족들은 일제히 알베르왕의 세력으로 들어갔다.

그리고 공작가가 궁지에 몰려 옴짝달싹하지 못하게 되었을 때 사건이 일어났다.

라쿤 왕국의 동쪽에 있는 아르메니아 도시국가 연맹에서 갑자기 선전포고가 날아온 것이다.

결국, 알베르왕은 군의 7할을 움직여 전면전 준비에 나섰다. 내부 분쟁의 원흉인 공작가를 완전히 몰아내기 전에 자리를 비우게 된 것이다.

등 뒤에 불안을 남겨두고 전쟁에 나서려 하자 당연히 가신들이 그를 크게 만류했으나 왕의 의지는 굳건했다.

오히려 충언하는 신하에게 주먹을 휘두르기까지 했다.

——어리석은 자.

이 사건으로 알베르왕을 따르던 자들이 금세 공작가로 갈아 타기 시작했고, 공작가 세력은 안도하여 가슴을 쓸어내렸다.

이제 왕이 자리를 비우면 대규모 쿠데타가 일어날 건 뻔한 일이었다.

애초에 아르메니아 도시국가 연맹의 선전포고도 공작가의 끄나풀이 유도했을 가능성이 매우 큰 상황이었다.

★

오후, 언덕 위.

"어디……."

광대한 루드시헤스 평원을 내려다보며 알베르왕은 말 위에서 작게 한숨을 내쉬었다.

"전하! 전령입니다!"

그때 말을 탄 노병이 달려왔다.

그는 왕이 어릴 때부터 예절을 가르치던 사람이다. 오래 알고 지낸 만큼 신뢰도 두터웠고, 일찍이 기사단의 중진이었던 만큼 실력도 뛰어났다.

"뭔가, 할아범?"

"공작가가 반역을…… 이미 왕도는 함락되었습니다! 아니, 수비 병력 대부분은 처음부터 그들에게 회유되어 있었습니다……!"

그 말에 알베르왕은 한쪽 눈썹을 쓱 올렸다.

"……흠."

"이 할아범이 전하의 측근을 남겨두셔야 한다고 말씀드리지 않았습니까! 그런데 들으시기는커녕…… 충언한 신하들을 때리시다니……!"

"…………."

"처음부터 이럴 심산이었던 게 확실합니다. 이대로 도시국가 연맹과 교전에 들어가면 뒤에서 협공을 당할 수도 있습니다."

"…………."

"이대로는 전멸합니다! 어떻게 하시겠습니까?!"

"전멸이라……."

알베르왕은 그대로 입을 다물었다.

그리고 크게 숨을 들이마시고는 다시 말했다.

"저쪽도 그렇게 생각하고 있겠지."

늘 긴장된 분위기가 감도는 알베르왕으로서는 드문, 태양처럼 환한 미소가 떠올랐다.

"……전하? 무슨 말씀입니까?"

"할아범. 내가 반대하는 신하를 때렸다고 했나?"

"네, 그렇습니다."

"이상하지 않나? 내가 전쟁에 나가겠다고 했을 때, 할아범도

반대하지 않았었나? 하지만 내가 할아범을 때렸나? 결국은 그런 거다."

"예?"

그가 고개를 갸웃했다.

"나는 일부러 회의에서 그들의 의견을 듣고, 반대 의견을 낸 자들을 따로 다시 불렀다."

"알고 있습니다."

"그리고 일부러 때렸다. 반역의 씨앗이 보였으니까. 놈들은 그일로 짐을 배신하고 공작가에 붙었겠지."

그러자 노년 장교가 놀란 표정을 지었다.

"설마 거짓 충성하는 자들을 가려내려고 그러셨단 말입니까?"

"이것이 궁정 대청소의 마무리 단계다."

그러며 알베르왕이 오른손을 높이 들어 올렸다.

"할아범. 전군에 전달하라. 지금부터 왕도로 귀환하여 공작가와 추종자들을 모조리 쓸어버리겠다."

어안이 벙벙한 표정의 노병은 잠시 굳어 있다 질문했다.

"전하, 하오면 선전포고는 어찌하실 겁니까? 여기서 왕도로 발을 돌리면 뒤에서 협공을 당하지 않겠습니까?"

그러자 알베르왕이 씩 미소 지었다.

"그들은 움직이지 않는다."

"움직이지 않는다니요?"

"처음부터 선전포고 따윈 없었다."

노병은 이 말에 완전히 굳어버렸다.

그리고 어깨를 떨며 설마 하는 표정을 지었다.

"그 모든 게 전하의 계략이셨단 말씀입니까?"

"그렇지."

"그럼 선전포고문은 어찌 된 겁니까? 왕궁에 있는 모두가 보지 않았습니까?"

"짐이 라쿤 밖에 있을 때 도시국가 연맹의 유력자와 인연을 맺었다. 녀석에게는 이번에 여러모로 위험한 다리를 건너도록 했지."

"위조란 말씀입니까? 하지만 저희 쪽에서도 진위를 따지기 위해 사자를 보냈지 않습니까? 어찌……"

"말했지 않나. 위험한 다리를 건너게 했다고. 상당히 어려운 공작이었지."

"이쪽에서 보낸 사자마저 속였다는 말씀입니까?"

"그래."

"……저조차 이 건에 대해서는 아무 말도 듣지 못했습니다만?"

"적을 속이려면 먼저 아군부터 아닌가."

그 말을 듣고 노병은 "하하하!" 하고 배를 잡고 웃음을 터뜨렸다.

"결국, 모두를 속이신 게군요? 이거, 이거…… 전하께서 이렇게 대단한 연기자셨을 줄이야……! 그런데 어찌하여 이렇게 번거로운 방법을 택하신 겁니까?"

"가능한 한 전력을 온존해둘 필요가 있으니까. 서로 싸우고 피폐해지면 주변 국가들만 좋은 일을 시켜주는 셈이 아닌가."

그러며 알베르왕은 본진을 향해 노병과 함께 말을 달리기 시작했다.

"……훗날 역사서에는 루드시혜스 평원 회군이라 쓰이겠군."

"하하. 전하, 이 할아범은 전하의 지혜에 감탄하였습니다만, 그래도 이런 소국의 분쟁이 역사서에 남기란 어렵지 않겠습니까?"

"아니, 남을 거다. 일찍이 대륙 제일의 판도를 자랑한 라쿤 왕국을 재흥시킨 새로운 무제의 첫 위업이니."

그 말에 노병은 입을 다물었다.

"진심으로 말씀하시는 겁니까?"

"이런, 그대는 나를 허풍만 치는 바보라고 생각하나?"

"네, 바보고 말고요. 솔직히 할아범은 바보는 따를 수 없습니다."

"호오, 꽤 건방진 말을 하는군."

"그러나── 특출한 바보라면 다릅니다. 어디까지 함께 갈 수 있을지는 모르겠습니다만, 이 노병…… 전하께 목숨을 바쳐 따르겠습니다."

그렇게 그들은 방향을 돌려 왕도로 귀환했다.

군사를 데리고 그대로 돌아와 공격에 나서자 쿠데타 진영은 크게 당황했다.

그들은 제대로 저항도 하지 못하고 항복하였고, 주모자 파벌 일족을 포함한 백여 명은 그날 중으로 처단되었다.

──그야말로 전광석화 같았다.

★

알베르왕이 귀환한 지 며칠이 지나도, 궁정은 여전히 팽팽한 긴장감으로 뒤덮여 있었다.

그 이유는――.

"전하⋯⋯! 공작부인의 행방을 여전히 찾을 수가 없습니다!"

알현실.

옥좌에 앉은 알베르왕은 손으로 턱을 어루만졌다.

"다른 여자들은 도망쳐도 상관없다만, 크리스티나, 그 여자만은 놓치면 안 된다."

"예."

노병이 작게 고개를 끄덕였다.

"왕궁을 독뱀의 소굴로 바꾼 원흉⋯⋯."

"전에는 자작부인, 그전에는 남작부인이었다죠?"

"음, 열다섯 살에 초혼을 치르고 남자를 갈아치우며 칠 년 만에 공작부인으로 올라서더니, 이후로는 베니슨 상회와 손을 잡고 끝없이 악행을 저질렀지."

"외모는 아름답지만, 성욕과 권력욕이 강하여 그녀와 관계가 있는 귀족들이 어찌나 많았는지 공작가에 매일 수십 명의 미남이 드나들었다고 합니다."

"짐에게 반역한 자들도 대부분 크리스티나와 엮인 자들이었다."

"죄인들의 상태를 보아 아마 매료마법 같은 걸 당한 게 아닐까 싶습니다."

알베르왕은 작게 고개를 끄덕였다.

"심지어 늙지도 않는다지? 둔갑이 가능한지도 몰라. 역시 무시할 수 없겠어. 대륙 제패를 위해 움직이려면 왕국에 문제를 남겨 둬선 안 된다."

"예."

직후 알베르왕은 자리에서 일어나 옆에 서 있는 시녀가 들고 있던 검을 낚아챘다.

"후후, 이쪽도 장난감을 빼앗겨서…… 화가 났거든."

어느새 노병과 알베르왕 사이에 검은 로브를 입은 여자가 서 있었다.

노병은 너무 놀라 멍하니 있다가 잠시 뒤 허리에 찬 검을 뽑으려다—— 여기 오기 전에 문 앞에서 검을 맡겨놓은 걸 깨닫고 혀를 찼다.

"큭, 하필……!"

"후후, 무기가 없어서 죽지 않고 끝난 거니까 기뻐하는 게 어때?"

그 말과 동시에 여자가 재빨리 노병의 턱을 걷어찼다. 노병은 요란한 소리와 함께 바닥에 쓰러졌다.

여자는 알베르왕을 향해 마주 섰다.

"짐은 오히려 그대에게 무기가 없다고 살려주는 자비가 있는 게 놀라울 따름이다만, 공작부인."

"전 공작부인이겠지. 지금은 미망인. 참 매력적인 단어라고 생각하지 않아?"

"닥쳐라, 이 간악한 놈. 짐의 나라를 흔든 게 네놈이란 걸 알고

떠드는 게냐?"

"어머나, 날 싫어하는 모양이네."

그러며 스스로 로브를 벗은 전 공작부인 크리스티나가 자신만만하게 웃었다.

"그나저나 정말 놀랐어. 설마 이렇게 간단히 내 장난감을 부술 줄이야."

"장난감……?"

"간단한 체스게임이야. 라쿤이라는 이름의 체스판에서 하는 게임 말이지. 당신을 위해 특별한 말도 준비했는걸? 뭐, 쓰기도 전에 봉인 당할 줄은 몰랐지만."

"……다시 한번 묻겠다. 장난감이라니 무슨 말이냐?"

"게임. 체스판. 이 나라가 바로——."

그 순간 알베르왕이 손에 든 것이 크리스티나의 목과 몸을 둘로 갈랐다.

"어머나…… 장난치다 죽으면 어머니를 볼 낯이 없지."

목이 잘려나간 크리스티나를 바라보던 알베르왕은 재빨리 몸을 비틀었으나 공격을 완전히 피하지는 못해 얼굴을 찡그렸다.

"큭, 어느 틈에 뒤로……."

"A랭크 정도는 된다더니, 사실이었나 보네. 후계 권력자 중에는 최강이지 않을까?"

빨리 대응한 덕분에 치명상은 피했지만, 허리를 다쳤다. 알베르는 그 자리에서 뛰어 물러나 다시 검을 겨누었다.

"대체 정체가 뭐지……?"

무슨 영문인지 시체는 온데간데없고, 상처하나 없는 귀부인이 생글생글 웃고 있을 뿐이었다.

"내가 어째서 이런 변경에서 공작부인 따위를 하고 있었는지 알아?"

알베르왕은 다시…… 애용하는 검을 머리 위로 크게 쳐들어 크리스티나를 향해 휘둘렀다.

크리스티나는 알베르왕의 검을 피하고 나이프로 응전했다. 알베르왕은 고개를 꺾어 나이프를 피하며 아래에서 위로 검을 쳐올렸다.

"관심 없다. 이걸로 끝날 테니!"

왕의 검이 다시 크리스티나의 목과 몸을 두 동강이 냈다.

곧 잘라낸 머리를 향해 발을 힘차게 굴렀다. 콰직 하는 소리와 함께 크리스티나의 두개골이 분쇄되었다.

이어서 손발을 향해 검을 네 번 휘둘렀다. 마지막으로 목과 사지가 잘린 몸통으로 검을 들었다.

심장을 세 번 찌른 뒤 알베르왕은 시녀를 불렀다.

"궁정마법사단을 불러라. 완전히 재가 될 때까지 불태── 칫!"

알베르왕은 앞으로 뛰어 나이프를 피했다.

"우후후. 필사적으로 시체를 걷어차다니…… 귀엽기도 하지."

"네놈, 정체를 밝히거라!"

"진조 흡혈귀. 태양도 끄떡없는 유일한 데이 워커(태양 내성)지."

그 말에 알베르왕은 어안이 벙벙했다.

"태양 아래를 다니는 흡혈귀? 신화에나 나오는 이야기군."

그러자 크리스티나가 씩 웃었다.

"그게 꼭 그렇지도 않아. 여신님에게 두 개의 스킬을 받은 나라면 가능하다고."

"……여신이 내린 스킬이라고?"

"그래, 또 하나는 죽음의 탁류(토이즈 박스)라는 건데."

"탁류? 설마 언데드 군의 소환의식인가?"

"그냥 군이 아니라 대군이지. 나라 한둘은 간단히 삼킬 수 있는 수준. 여기서 북쪽으로 가면 호시슈 왕국이란 곳이 있는데, 알아? 거기서 더 북 쪽으로 가면 빙하가 있는데, 거기에 대전쟁 후에 생긴 시쳇더미가 있거든. 그 많은 게 썩지도 않고 그대로 남아 있지."

"과연, 이제 알겠군."

"나는 여기에 머물면서 그 시체에 죽음의 탁류를 조금씩 불어 넣었지. 완성되면 네게 맛보여주고 싶었는데……."

"네놈은 이 나라를 불사신에게 넘길 생각인가?"

"음, 조금 다르려나."

크리스티나가 고개를 가로저었다.

"불사신에게 넘기는 게 아니라 내가 이곳을 불사신의 나라로 만들 예정이었어."

"그렇군."

알베르왕은 더욱 검을 굳게 쥐었다.

"내가 허락할 것 같나?"

"내가 이길 텐데 허락이 필요한가? 애초에 아직도 내가 뭘 하려고 당신 눈앞에 나타났는지도 모르잖아?"

"그래, 모른다."

"그럼 검을 줄 게 아니라 살려달라고 빌어야지. 얼굴은 괜찮으니까 밤 장난감으로 써줄 수는 있는데 말이지."

"훗, 목숨 구걸은 짐이 아니라 그대가 해야 할 것 같은데."

"뭐, 고집이 센 남자도 나쁘진 않지!"

"류토."

크리스티나가 알베르왕을 향해 나이프를 들고 달려가려는 순간──.

──신을 죽인 칼날이 크리스티나의 머리끝부터 가랑이까지 단번에 갈라버렸다.

그대로 류토는 엑스칼리버를 칼집에 집어넣었다.

"이것 참, 기껏 놀러 왔더니 이게 뭐야."

"류토, 아직 검을 넣지 마라. 이 자는 몇 번을 베어내도 다시 일어난다."

"음, 아마 괜찮을 거야."

"어째서지?"

"방금 내가 베어낸 건 일종의 그림자 마법이야. 자기 힘의 반절밖에 되진 않지만 분신을 만들 수 있지. 뭐, 사념체 비슷한 거니까, 영혼 같은 걸 직접 공격할 수 있는 무기를 쓰면 돼. 내 검도 그런 거고."

"그런가……."

그때 알베르왕의 표정에서 핏기가 사라졌다.

"그럼 이 여자는 실력을 절반도 보이지 않고 짐과 겨루었단 말인가?"

"그런 셈이지."

"……어이가 없군. 그런 괴물이 있다면 병사가 아무리 있어도 쓰러트릴 수 있을지 의심스럽다."

"공교롭게도 더욱 나쁜 소식이 하나 있어. 저 여자가 말한 호시슈 왕국은 이미 붕괴했어. 뭐, 그것을 알리기 위해 온 거였지만."

"뭐라?"

"언데드 군대가 쳐들어왔거든. 마을이 두 개쯤 사라지자 모험가 길드까지 동원한 총력 방어전이 펼쳐졌지. 하지만 시작하자마자 A랭커 둘이 죽어버렸고, 병사들이 도망치면서 방어선은 그대로 붕괴해버렸어."

"군의 기능을 잃었다…… 그건가?"

"그래, 마을이며 도시, 성은 이미 텅 빈 상태야. 언데드는 아무도 없는 들판을 지나 라쿤 왕국을 향해 오고 있지."

"내가 나서도 가망이 없나?"

"……없어. 저 여자 말대로 대국 하나나 둘은 삼켜버릴 정도의 위력이야. 각국의 모험가 길드와 세계연합에 사람을 보내 연합토벌군을 결성할 수밖에 없어. 다만…… 그래서는 도저히 제시간에 맞출 수 없겠지."

"그렇겠군……."

알베르왕이 미간을 찌푸리자 류토가 그의 어깨를 톡 두드렸다.

"뭐, 걱정 마. 이번엔 내가 나설 테니까. 저 여자는 흡혈귀로 태어난 환생자거든."

"환생자라고? 그게 무슨 의미인가?"

그러자 류토가 살짝 고개를 끄덕였다.

"말하자면 내 손님이란 얘기지. 내가 확실히 처리할게."

그리고 그날, 길고 긴 겨울의 첫눈이 내리는 호시슈 왕국에.

——마인이 나타났다.

대규모 언데드 군은 마인 앞에 허무하게 쓰러졌고, 진조 흡혈귀 또한 마인의 압도적인 힘을 당해내지 못했다.

그 뒤, 라쿤 왕국이 언데드를 토벌한다는 명목으로 호시슈 왕도로 들어가 제압하였고, 제대로 저항도 하지 못한 채 도망치느라 뿔뿔이 흩어졌던 호시슈 왕국군은 라쿤군에 흡수되어 그 산하로 들어갔다.

이렇게 라쿤은 손해 없이 나라 하나를 손에 넣게 되었다.

루드시헤스 평원 회군에 의한 국내 제압, 그리고 진조 흡혈귀 사건.

역사에 남을 큰 위업이지만, 마을사람과 환생자를 언급한 기록은 존재하지 않았다.

"I am a villager, what about it?"
Story by Arata Shiraishi, Illustration by Famy Siraso

C o n t e n t s

Q. 혹시 지상 최강의 마을사람을 진짜 화나게 하면?

"I am a villager, what about it?"
Story by Arata Shiraishi, Illustration by Famy Siraso

환생자 흡혈귀를 토벌했다. 몹시 이질적인 환생자였다.

학교에서 모제스를 때렸을 때도…… 결국 놈이 입을 놀리며 교묘히 피하기만 하는 탓에 무슨 꿍꿍인지는 알아낼 수 없었다.

일단 정리하자면, 환생자 집단이 '원탁회의'라는 중2병이 심각한 명칭의 조직을 만들었다고 한다.

환생자들은 각각 특수한 스킬이 있는데, 그들은 이를 이용하여 각각 세계의 중진으로 올라선 인물들이다.

까놓고 말하면 이 세계를 뒤에서 좌지우지하고 있다는 의미다.

이 세계는 인간의 개념을 초월한 사람들이 있기에 전쟁의 양상도 지구와는 다르다. 사람 하나가 전력이 될 수도 있는 곳이니까. 전쟁도 그만큼 일어나기가 쉬운 거다.

환생자의 역량이라면 서로 모여서 세계를 주무르는 것도 어려운 일은 아니리라.

게다가 용왕, 선인, 마계의 로리 할멈…… 그러니까 내가 수행 중에 만난 '용왕과 유쾌한 동료들'과 그들은 서로 간섭하지 않고 있다.

힘이 너무 강한 자끼리 충돌하면 웬만한 규모로는 끝나지 않기 때문이다.

나 또한…… 일단 '용왕과 유쾌한 동료들'의 일원으로 알려져 있으므로 '원탁회의'에 불필요한 간섭은 할 수 없었다. 그 반대도 마찬가지.

——적어도 지금까지는.

따라서 모제스는 나나 내가 지키는 코델리아에게 직접 손을 대지 않았다. 아니, 손을 댈 수가 없었다.

그래서 모제스가 뒤에서 수상한 움직임을 보인 것이다.

애초에 원탁회의의 **존재의의**를 생각하면 예전의 귀신 사건……
'인공진화의 비밀'은 너무나 위험한 사건이었다.

즉, 그건 모제스가 단독으로 자신의 목적을 위해 몰래 움직였다는 뜻이다.

이번 흡혈귀 환생자는 원탁회의에서 쫓겨난 사람이었던 모양인지라 대놓고 움직여도 문제가 없으므로 나도 당당하게 처리하러 갔다.

그때 상대한 언데드 군대에도 강제진화를 일으킨 흔적이 남아 있었다.

진조 흡혈귀나 불사의 왕(노 라이프 킹)이라는 S랭크 최상위 개체가 몇 마리나 있었으니까. 다른 건 몰라도 그 망할 안경이 뒤에서 손을 쓰고 있다는 것만은 확실하다.

내가 막지 않았다면 이 근방에 남아나는 나라가 있었을지가 의심스러울 정도의 대사건이었다.

당연히 나도 그 환생자를 붙잡아 흠씬 두들겨 패고, 정보를 캐내려고 했지만—— 먼저 자폭해버리고 말았다.

덕분에 중요한 건 하나도 알아낼 수가 없었다. "남쪽과 북쪽 양쪽에서 동시 진행하라는 명령을 어기는 꼴이 되었다"는 묘한 힌트를 흘리긴 했지만——.

 아무래도 성가신 일은 아직 이어질 것 같다.

 어느 휴일.
 나와 릴리스는 리즈를 데리고 마법 학교 근처 거리에서 한창 쇼핑을 하던 중이었다.
 마요네즈 생산으로 바쁜 개척지 사람들이 쓸 생활물자나 여러 가지를 사러 온 것이다.
 "아이템 박스는 참 편리하네."
 "……일단 스킬 레벨은 맥스야."
 정말 깜짝 놀랄 만큼 대용량이다.
 지구에서 이런 스킬을 사용할 수 있다면 유통업자는 줄줄이 도산하고 말 것이다.
 뭐, 덕분에 잡화점을 통째로 사들일 만큼 쇼핑을 할 수 있지만.
 "모, 모, 모두 더하여 금화 다섯 개(5백만 엔 상당)입니다만?!"
 "자, 여기."
 테이블에 금화를 꺼내 놓자 점원이 놀란 눈을 했다.
 리즈는 그 모습이 재미있는지 킥킥 웃고 있다.
 그야 마을 하나가 쓸 물건이니 엄청난 양일 수밖에. 마요네즈며 설탕 생산으로 엄청나게 벌어들이고 있으니, 생활 수준을 개선할 때도 됐다.

그렇게 우리가 가게를 나서자——.

"······우후후."

밖으로 나가자마자 가게 앞에 밧줄로 묶어두었던 오르토가 릴리스에게 뛰어들었다.

그리고 볼을 날름날름 핥으며 꼬리를 힘차게 흔드는 게······ 정말 기분이 좋은 것 같다.

"······오랜만에 만난 오르토, 그리고 복슬복슬······."

릴리스는 귀여운 것을 좋아······한다기보다 동물을 좋아하니까.

리즈도 오르토도 몹시 귀여워한다.

"좋아, 그럼 다음엔 침구네. 캐노피는 없더라도 쓸만한 침대 정도는 돼야겠지."

그렇게 나는 오르토의 줄을 손에 들고 걷기 시작했다.

얼마간 걷다 꼬치구이를 파는 포장마차를 발견했다.

배도 출출하니 마침 잘됐군.

옆에 놓인 테이블에 자리를 잡고 꼬치에서 빼낸 고기를 오르토에게도 먹였다.

"옳지, 옳지, 천천히 먹어."

꼬리를 살랑살랑 흔들며 오르토가 "멍" 하고 기쁘게 짖었다.

오르토는 정말 인간을 잘 따른다. 릴리스가 아니더라도 귀여워할 거다.

바로 그때——.

"어, 류토? 이런 곳에서 뭐 해?"

코델리아였다. 그러나 내가 대답을 하기도 전에 릴리스가 코델리아를 째려보았다.

"……단란한 가족의 시간을 방해하지 말아줬으면 해."

"단란한 가족?! 무슨 소리야?!"

릴리스가 나를 가리키며——.

"여기가 아버지."

이어서 자신을 가리키고——.

"내가 어머니."

이어서 리즈를 가리키며——.

"얘가 딸."

마지막으로 오르토를 가리키며——.

"그리고 반려견."

그러고는 릴리스는 황홀한 표정을 지으며 당당하게 말했다.

"그래, 이것이 단란한 가족. 부부에서 시작하여 파생된 따스한 가족이라는 거야."

"누가 가족이냐!"

나의 주먹이 쿵 떨어지자 "아야" 하며 릴리스가 울먹였다.

"아, 저기, 코델리아? 알고 있겠지만 릴리스는 성격이 좀…….."

하며 코델리아를 보자——.

"아, 그래? 왠지 미안하네? 아무래도 내가 방해한 모양이구나."

——차가운 시선이었다.

아니 완전히 경멸하는 눈이었다.

"자, 잠깐, 내 말을 들어보라니까? 릴리스는 성격이 이상하잖아.

진심으로 받아들이는 바보가 어디 있어!"

"딱히 그런 거 아닌데? 다만 흐음, 그렇구나…… 나는 완전히 남이구나, 해서."

뭐가 아니야. 화났잖아.

저번에 코델리아와 그런 대화까지 했는데…… 아아, 귀찮게 됐네.

그때 코델리아가 오르토에게 시선을 옮기더니 눈을 반짝반짝 빛냈다.

"앗, 강아지다."

……다행이다, 생각보다 쉽게 기분이 풀렸다.

그러고 보면 옛날부터 동물을 좋아했었지.

코델리아가 오르토에게 손을 뻗었으나, "멍멍!" 하며 오르토가 뒷걸음질을 쳤다.

이어서 "으르렁——" 하며 위협하듯이 울었다.

"아……."

코델리아는 손을 거두고 몇 걸음 물러났다.

"너랑 처음 만난 동물은 꼭 널 경계하더라? 얘는 꽤 사람을 잘 따르는데……."

"뭐, 익숙해지면 괜찮기는 하지만."

"집안 내력이라고 했던가? 참 별나군."

"응. 이상한 이야기지만 친척 중에도 동물에게 미움받는 사람이 많다고 해. 뭐, 이 집안에는 이상한 사람이 많으니 그런 걸지도 모르지만."

"하긴, 마을에 있을 때 봤던 네 숙부도 좋은 기억은 없는 것 같다."

그러자 코델리아가 조금 씁쓸한 표정을 지었으나, 곧 "앗……!" 하며 눈을 크게 떴다.

"이런 곳에서 잡담할 때가 아니었어. 난 먼저 갈게."

"그래, 안녕."

용사님이란 바쁜 모양인지 휴일에도 여러 곳을 돌아다니고 있다.

육성 프로그램이나 각국의 요인과 회합 등 정말 힘들 것 같다.

그렇게 코델리아가 달려간 뒤에 나는 그제야 한숨을 내쉬었다.

어느새 불량배 다섯 명이 우리를 둘러싸고 있었다.

"이봐, 형씨? 귀여운 애들을 데리고 있는데?"

"헤헤, 귀여운 개도 있고?"

"미안하지만 형씨? 여자들과 개를 빌려야겠어."

남자들이 주먹을 뚝뚝 올리며 다가왔다. 대낮부터 당당하게 범죄를 저지를 생각인가 보다.

"이걸로 몇 번째였지?"

"……이번 주에 들어 세 번째."

"요즘 치안이 영 안 좋네. 그럼 불량배를 혼내주고 아저씨에게 갈까. 슬슬 부탁했던 조사도 끝날 무렵이니."

★

——그런 연유로 모험가 길드의 길드 마스터 방.

나와 릴리스, 리즈, 오르토로스는 모험가 길드의 응접실에서 간식과 홍차를 놓고 쉬고 있었다.

"류토 씨."

"응?"

길드 마스터 아저씨가 테이블 위에 서류를 놓았다.

"의뢰하셨던 보고서가 올라왔습니다."

알베르왕과 언데드 군대 사건을 해결하고 약 2주.

그날 이후로 나는 이상하리만치 불량배들과 엮이고 있었다.

아니, 불량배만 나왔다면 고민하지도 않았을 거다. 문제는 암살자인지 뭔지 알 수 없는 사람까지 나타나 밤낮으로 우릴 감시하고 있다는 점이었다. 불량배는 만날 때마다 내가 처리하면 그만이지만, 수상한 사람들이 개척마을에 눈을 들이는 게 아닐지가 조금 걱정이었다.

다만, 그들의 목적은 따로 있었던 모양인지, 리즈를 유괴하려던 녀석이 있었다. 오르토를 붙여놓은 덕분에 미수로 끝났지만.

이대로는 안 되겠다 싶은 생각이 든 나는 리즈와 릴리스를 데리고 학교 기숙사에서 나와 숙소를 빌렸다. 하지만 이건 해결책이 아니다. 결국, 나는 모험가 길드에 조사의뢰를 냈다.

"그래서 뭐래? 조사할 수 있긴 했어?"

"물론이죠."

길드 마스터 아저씨가 싱긋 미소를 지었다.

"생각보다 손이 빠른걸."

"마스터 권한으로 좀 억지를 부렸거든요. 덕분에 안팎으로 비난을 받고 있습니다만…….."

"어? 그건 좀 미안한데. 괜찮아?"

그러자 아저씨가 환하게 웃으며 엄지를 세웠다.

"류토 씨를 위한 일이니까요! 저는 설령 불속이든, 물속이든……!"

약간 황홀경에 빠진 듯이 징그럽게 웃는 아저씨.

천진난만한 웃음이라고 해야 할까……. 솔직히 무섭다.

"크흠, 그래서 보고 결과는?"

아저씨가 서류 다발을 손에 들고 말을 이었다.

"서쪽 나라 '베스타하'의 '누라리스 상회'는 류토 씨가 없애버린 베니슨 상회의 하부조직입니다."

"아니, 내가 없앤 게 아니라 하다 보니 그렇게 된 거지. 나에게 튄 불똥을 털어냈을 뿐이라고?"

"하지만 없앴잖아요?"

"뭐…… 결과는 그렇지."

"아무튼, 현재 이곳의 상권은 군웅할거 상태에 돌입했거든요. 누라리스 상회는 베니슨 상회의 자리를 노리고 상당히 강행돌파를 하고 있다고 합니다."

"어떻게?"

"베니슨의 하부조직이니까요. 꽤 과격한 무투파라고 합니다. 돈을 써서 경쟁업체를 무력으로 없애거나……. 당연히 동업자들의 평판은 최악이지요."

"그렇군. 그래서?"

"그래서 누라리스 상회가 숨은 루트를 통해 불량배들을 류토 씨에게 보내고 있는 것이 이번 일의 진상이라는 거죠."

"……응? 베니슨 상회의 복수라도 하겠다는 건가?"

"아닙니다. 그들에겐 성가신 혹을 처리한 셈이니 오히려 기쁜 일이겠지요. 애초에 류토 씨가 했다는 걸 아는 사람도 거의 없습니다."

"그럼 왜 나한테 불량배를?"

"남쪽에 있는 맥킨리라는 나라를 아십니까? 금강석이 풍부하다는 수인의 나라지요."

"다이아몬드를 말하는 건가? 시세를 터트릴 만큼 엄청난 양이 매장되어 있다고 듣긴 했는데, 그게 나랑 무슨 상관이야?"

"리즈 아가씨가 수인 아닙니까. 꽤 복잡한 출신인 듯합니다만."

그 말에 나는 "아!" 하고 숨을 들이켰다.

확실히 리즈는 견원지간인 엘프와 수인 사이에서 태어난 아이다.

게다가 그냥 버려진 것도 아니고 주살 술식이 걸린 채 슬럼가에 쓰러져 있었다.

생각만 해도 복잡한 사정이 있는 소녀임은 분명하다.

"수인은 인간과 얽히려 하질 않습니다. 그렇기에 다이아 시장도 무너지지 않은 거고요."

"그럼 다이아몬드 교역을 미끼로 수인국의 지시를 받아 리즈를 표적으로 삼았다는 뜻인가?"

과연. 나는 고개를 끄덕였다.

"누라리스 상회는 베니슨 상회가 사라진 틈을 이용해 세력을 단숨에 확장하고 싶겠지요. 어떻게 해서든 다이아몬드 판로를 얻으려 할 겁니다."

내가 어쩔지 고민하는 사이 릴리스가 끼어들었다.

"……상회라는 걸 없애버리면 돼."

"아니, 릴리스 아가씨? 갑자기 그런 난폭한 짓을 벌이면 어떡해? 지금은 정황증거밖에 없다니까?"

여전히 이 아저씨는 사람에 따라 어조가 확 바뀐다.

"……그거면 충분해. 자꾸 얽혀드는 상대를 처리하다 보면 상회가 관여한 걸 알려주는 증거가 나올 거야."

"아니, 그렇게 간단히 해결될 리가 없잖아?"

"……충분해. 무슨 죄가 있어서 날마다 몇 번이고 불량배들과 마주치지 않으면 안 되는데? 어차피 증거는 필요 없어. 여차할 땐 류토가 힘으로 꺾으면 되니까."

강행돌파라.

상대가 음모를 꾸미고 있다면 힘으로 토해내게 하는 것도 방법이겠지만.

증거도 하나 없는데 수단이 너무 난폭하잖아.

"릴리스…… 너 말이야……."

"류토 씨, 더 강하게 말해주십시오. 류토 씨는 애초에 눈에 띄고 싶지 않으신 것 아닙니까?"

그 말에 나는 천장을 올려다보며 여러 가지 일을 생각했다.

"그렇긴 한데, 이번 일에 한해서는 최악의 경우 힘으로 해결해야 할지도 몰라."

나는 리즈와 그녀의 무릎 위에서 몸을 동그랗게 말고 있는 오르토로스를 보며 부드럽게 웃었다.

"지킬 게 있으니까. 릴리스와 달리 리즈는 그리 강하지 않아. 그럼 나도 조금 적극적으로 나서야 할 상황이 있을 수도 있겠지."

그 말에 릴리스가 크게 동의했다.

"아무튼, 상황을 보자."

사이드: 코넬리아=올스톤

같은 날. 같은 시각.

아르테나 마법 학교 응접실.

나는 우울한 기분으로 바닥에 깔린 양탄자를 바라보고 있었다.

맞은 편에 앉아 있는 건 뚱뚱한 30대 오크――는 아니지만, 차라리 오크인 게 나았을지도.

아버지의 표현을 빌자면

――올스톤 가문의 수치

라는 모양이다.

참고로 아버지는 지금 고향에서 밭을 일구며 살고 있다. 대농장은 잃었지만, 그 밭은 원래 가지고 있던 밭이다.

아무튼, 아버지도 참 성격이 대단하지만, 그런 아버지가 수치라고 단언한 인물.

그건 눈앞에 앉은 작은아버지를 보고 있는 나도 같은 생각이었다.

올스톤 가는 자산가였다. 내가 용사가 되자마자 엄청난 지원금이 나왔으니까. 지금 생각하면 그게 모든 악의 시작이었던 것 같지만.

그 막대한 돈으로 아버지는 논밭을 마구 사들이고, 농노도 적극적으로 고용했다.

뭐, 노예라고 해도 내가 아버지에게 귀가 따갑도록 따진 덕분에 다른 곳보다는 괜찮은 대우를 받았지만.

그 덕분에 농노들이 날 여신처럼 떠받들곤 했지만…… 그것도 옛날이야기다.

그간의 악행이 결국 벌을 받아 얼마 전에 아버지의 농원이 망했고, 마을 사람들은 이 부근에 생긴 개척지로 이주했다.

마요네즈며 설탕 등의 사업이 호조라 다들 행복해 보여서 나도 기쁘다.

아무튼.

내 앞에 있는 숙부는 마을에서 제일가는 악당으로, 십 대 중반에 도시로 나가서 못된 짓을 하며 살았다고 한다.

그런데 내가 신탁을 받자 이 남자가 불현듯 마을로 돌아왔다.

뭐, 이 남자뿐만이 아니라…… 내가 신탁을 받은 뒤로 우리 집은 친척들로 붐비게 되었다.

같은 피가 흐르는 건 맞지만, 소원하여 얼굴도 본 적이 없는 사람들이었다. 그들은 아버지에게 공물을 들고 우르르 몰려왔다. 그 결과 올스톤 가의 저택에는 많은 친척이 살게 되었다.

이 사람은 그들 중에서도 단연 최악.

아버지의 친동생인 만큼 아버지가 운영하던 농원과 노예를 맡겨주었는데, 수확량을 속이는 것은 당연, 도시로 나갔을 때 알고 지낸 악당을 불러들여 마을에서도 못된 짓만 벌였다.

동네 처녀를 억지로 강간하는 것은 물론이고, 증거는 없지만 강도, 살인 혐의도 몇 개나 걸렸다.

당연히 마을에서 이 인간, 요제프의 평판은 나빠져만 갔고, 결국 마을에서 추방당할 분위기가 되자, 요제프는 터무니없는 짓을 저질렀다. 지금 생각해도 어이가 없다.

여자 농노를 몇 명 데리고, 우리 집의 보물창고를 모조리 털어 야반도주한 것이다.

"지금까지 토벌의뢰로 여러 현상범을 잡았지만, 당신 같은 쓰레기는 처음일지도."

아니, 정말 우리 집안은 어떻게 된 것일까. 난 어머니를 닮아 정말 다행이다.

얼굴만이 아니라 성격도.

나도 딱히 품행방정하지는 않지만, 적어도 어느 정도는 상식적이라고 자부하고, 용사로서도 되도록 그렇게 행동하려고 노력하고 있다.

뭐, 금방 싸우려고 드는 부분은 고쳐지지 않았지만.

"제법 말이 건방져졌구나, 코델리아?"

"그래서 뭔데? 얼른 용건만 말해주겠어?"

어차피 이 남자는 나에게 돈이나 용사의 인맥을 이용하게 해달라는 말을 하러 왔을 것이다.

아마 불순한 이유로 나를 찾아온 것 아닐까.

"붙임성 없기는……. 난 너와 같은 피가 흐르는 사람이라고?"

"올스톤 가의 쓰레기 같은 부분을 물려받은 건 작은아버지잖아. 하지만 안타깝게도 나는 어머니를 닮았거든. 범죄자 주제에 나의 친척이라며 나대지 말아줄래?"

노골적으로 혀를 차며 요제프가 담배를 꺼냈다.

"뭐 하는 거야? 여긴 학교라고? 당연히 금연인 거 몰라?"

"섭섭한 소리 하지 마라. 너의 친척이라고 하니 VIP용 응접실로 안내했다고? 그런 사소한 일로 불평할 녀석은 없어."

작은아버지는 그대로 성냥을 꺼내 담배에 불을 붙였다.

나는 허리에 찬 검으로 손을 가져갔다. 곧 허공에서 휙 바람이 일었다.

불이 붙은 담배 끝이 뚝 끊어져 떨어졌다.

"다음엔 손가락이 하나 날아갈걸? 내가 아직 웃고 있을 때 돌아가는 게 현명해. 돈이라면 다른 곳에 알아봐."

요제프가 휘익 휘파람을 불었다.

양탄자가 그을렸으니 나중에 변상해야…….

아아, 정말 이 남자는 성가시다.

"글쎄다. 내가 널 찾아온 건 돈 때문이 아니야."

"……무슨 소리야? 그럼 용사의 연줄을 이용하게 해달라고? 그건 더 안 돼."

작은아버지가 품에서 서류를 꺼냈다.

"네 덕분에 작은아버지는 무직을 졸업했거든."

"그건 축하할 일이네. 어차피 제대로 된 곳은 아닐 테지만."

"취직한 곳이 바로 누라리스 상회거든?"

"좋은 평판을 들어 본 적이 없는 곳이네."

"그럴지도 모르지. 하지만 너에게 돈을 내주는 유력한 후원자 중 하나이기도 해. 나는 상회의 사자로서 이 자리에 있는 거고."

그건 알고 있다.

본래 용사는 학교를 졸업함과 동시에 나라마다 맹렬한 스카우트 전쟁을 벌인다.

그리고 그 용사 획득전에 참가할 수 있는 건 나의 육성기금과 지원금, 그 밖에 다양한 명목으로 거액을 기부한 국가뿐.

누라리스 상회는 내가 태어난 서방의 한 작은 나라에 본거지를 두고 있다.

그들은 왕실에 막대한 자금을 붓고 있는데, 말하자면 그게 날 향한 투자금인 셈이다.

그 소국은 용사를 맡을 국격도, 돈도 없다.

하지만 출신국이라는 카드 하나로 돈만 있으면 대국과 같은 자리에서 용사 획득을 위해 발언할 수 있다.

그리고 실제로도 몇 년 뒤에는 그렇게 될 것이다. 오히려 유력 후보다.

대체 이 남자는…… 얼마나 나를 더 성가시게 할까.

"……그래서…… 뭔데?"

"아니, 코델리아? 그렇게 노골적으로 싫은 표정을 짓지 않아도 되잖아? 작은아버지 상처받겠는데? 나는 누라리스에서 간부 대우를 받고 있다고."

"어차피 누라리스 상회가 어떻게 해서든 나와 연줄을 만들고 싶어 할 뿐이잖아."

"바로 그거야. 뭐, 용사에게 이것저것 떠맡길 수 있다면 상회는 앞으로 성가신 일을 신경 쓰지 않아도 되니까."

"내가 당신의 말을 들을 거 같아?"

"그래서 '베스타하'의 용사에게 의뢰하는 형태를 취한 거야. 즉, 후원자가 의뢰하는 거라고? 거절하면 나라의 체면이 말이 아니라고. 넌 거절할 수 없겠지."

후우…….

"출신국? 애초에 내가 태어난 마을은 사실상 이제 없어. 인질을 잘못 고른 것 같은데."

"그건 나도 알아. 하지만 아직 남아 있는 게 있잖아? 바로 너희 집이."

아버지는 이젠 솔직히 아무래도 좋지만, 어머니와 동생들은 아니다.

나는 작게 혀를 찼다.

류토가 올스톤 가도 자리를 옮기라고 했을 때 말을 들을 걸 그랬다. 주민들과 감정의 골이 사라질 때까지 일부러 거리를 두려고 했는데 말이지.

돈으로 이웃을 노예 부리듯 대했으니, 사이가 좋을 리가 없지 않은가.

근데 그게 내 발목을 잡다니.

내가 여기서 자릴 박차고 나가 가족을 데려오려 해도…… 이 사람이 트집을 잡아 먼저 움직여서 가족들이 감옥에 끌려가기라도 하면 나도 손쓸 도리가 없다. 친척을 감옥에 보낸다니, 보통은 상상도 못 할 일이건만, 이 사람은 충분히 그러고도 남을 사람이다. 아니, 그 이후에도 인질로 삼기 위해 오히려 나서서 그렇게 하겠지.

내가 어떻게 움직이든 먼저 의뢰를 받는 수밖에 없다는 건가.

"원하는 게 뭔데? 단 한 번뿐이야."

반쯤 자포자기하여 그렇게 대답했다.

"우리 조카는 이해력이 빨라서 좋아."

"그러니까 어떻게 하면 되냐고?"

"최근 어떤 작은 도시에서 수인국의 요인이 습격을 당했다."

"수인…… 요인?"

"열 살이 될까 말까 한 아이지만, 고귀한 혈족이지. 근데 그 애를 납치한 바보가 있어."

흠…… 나는 고개를 끄덕였다.

이 남자와 상회가 시키는 대로 하는 것은 불쾌하지만, 납치사건을 해결하는 건가.

의뢰 내용이 생각보다 멀쩡한데.

"그래서?"

"그 요인을 탈환하라는 의뢰야. 다만 납치한 자들은 상당히 벅찬 상대라는 보고를 받았거든."

"적의 인원수는?"

"남자가 한 사람에 여자가 한 사람. 그리고…… 개가 한 마리. 정말 만만치 않다는 보고가 올라왔는데 괜찮겠어?"

나는 하하 웃었다.

"누구에게 말하는 거야?"

"조카인데?"

언제까지고 어린애 취급인가.

이 건을 마친 뒤, 바로 적절한 수단을 동원하여 용사를 협박한 일을 후회하게 해주겠다고 생각하며 나는 가슴을 폈다.

"──나는 용사라고? 너무 얕잡아보면 당신을 포함해서 모두 혼쭐을 낼 테니까?"

사이드: 류토=맥클레인

"헤헤, 형씨! 잠시 시간 좀── 으헉!"

뒷골목에서 딱 보아도 건들거리는 모히칸 머리가 나의 손등 치기에 날아갔다.

"이 녀석들, 질리지도 않나."

한참 혼자 먹으며 돌아다니던 나는 소고기 꼬치를 우물우물 먹으며 말했다.

아니, 진짜 지긋지긋하다.

오늘만 해도 벌써 다섯 번째다. 기척을 살펴보면 감시도 일곱 명이나 붙어있다.

아마 불량배는 돈으로 고용된 놈들이고, 감시 쪽이 진짜 어쌔신일 거다.

어쌔신은 수인과 매우 상성이 좋다. 민첩성과 야생의 육감을 최대한으로 살릴 수 있기 때문이다.

보고서 내용도 그렇고, 수인과 연관이 있다고 생각하는 게 좋을 것 같다.

하지만 슬슬 어떻게 하고 싶은데.

그냥 괴롭히려는 게 목적이라고 해도 너무 심하잖아. 그냥 하나 붙잡아서 손발이라도 꺾어볼까.

거기까지 생각하던 나는 고개를 가로저었다.

"어차피 말단을 아무리 괴롭혀 봐야 아무것도 모를 테지."

당연히 의뢰자의 이름을 알아내도 흑막까지는 도달하지 못하도록 했을 것이다.

여기서 고문을 하여 강하게 나서봐야 나의 처지가 나빠질 뿐이다.

"그럼 어쩐다."

길드 마스터 아저씨에게 부탁하여 나는 거점으로 할 숙소며 은

신처를 며칠마다 새로 찾고 있다.

이사할 때마다 은밀 스킬을 쓰고 있으니, 매번 날 찾는데 고생하고 있을 테지만.

혹시 이것도 모제스가 얽혀 있나? 내가 여자를 데리고 다닌다고 상회니 쌔신이 날 따라다니는 건 이상하잖아.

그런 생각을 하며 뒷골목을 걷던 나에게 중년 아저씨가 말을 걸었다.

"엇, 류토 아니냐?"

요제프=올스톤이었다. 말은 반갑다는 듯했지만, 어차피 겉치레다.

내가 마을에 있을 때부터 행실이 몹시 안 좋았기 때문에 좋은 인상이라곤 눈곱만큼도 남아 있지 않다.

어머니도 한 번 당할 뻔했고.

솔직히 코델리아의 친척만 아니었으면 방금 얼굴을 보자마자 한 대 때렸을지도 모른다.

"…………."

입을 다문 나에게 요제프가 비열한 미소를 지었다.

"한동안 감시했다만, 너 운 좋게 고랭크 모험가 밑에 들어갔더구나?"

"무슨 소리야?"

"네 일행은 코델리아와 같은 수준의 진짜 요괴잖아? 열여섯 살에 A랭크 모험가라며? 그런 애가 같이 있으니 절로 웃음이 나오겠지?"

"…………?"

"류토도 훌륭한 기둥서방으로 성장했구나? 나도 옛날에는 여자에게 붙어사는 기둥서방이었거든. 나는 기둥서방 대선배로서 네가 존경스럽다."

이 자식, 무슨 말을 하는 거야?

나의 머릿속이 순식간에 물음표로 가득 채워졌다.

"무얼, 나도 옛날에는 잘나가는 미남이었지만, 세월은 이길 수가 없어서 말이지. 그 시절엔 프로 기둥서방으로……."

"저기, 아저씨? 무슨 말을 지껄이는 거야?"

그러자 요제프의 관자놀이에 핏대가 섰다.

"어엉? 아저씨라고? 누구에게 말하는 거냐? 이 하찮은 게!"

시비를 거는 말에 나도 열이 올랐다.

"얼른 용건이나 말해, 이 멍청아! 계속 우리를 감시했다는 건──한마디로 네놈이 지시했단 소리잖아!"

"그래, 네 말대로다. 다만 네가 쓰러뜨린 건 잔챙이 중의 잔챙이라고? 마을사람 치고는 열심히 해서 강해진 모양이지만, 기껏해야 넌 D랭크 모험가잖아. 네 여자친구…… 마법사가 없는데 나에게 그런 말을 해도 되겠냐? 우리가 고생할 거라 예상한 건 그 하늘색 머리의 여자뿐이야! 너무 건방진 소리 하지 말라고?"

대체 뭔데? 이 아저씨가 왜 이 일에 얽혀 있는 거야?

본래 제대로 된 인간이 아니니까 누라리스 상회에 있어도 이상하진 않은데…… 너무 타이밍이 좋지 않나?

아무튼 너무 수상하다.

"류토, 지금 넌 네가 어떤 사건에 머리를 들이밀었는지 알기나 해?"

요제프가 집게손가락을 척 세웠다.

"몰라."

"나쁜 말은 하지 않으마. 수인과 엘프 사이에 태어난 아이……금화 하나로 사줄 테니 이쪽으로 넘겨."

"나쁜 짓을 당할지도 모르는데? 그 애는 아직 열 살도 되지 않았다고?"

"잘 들어. 우리는 절대적인 권력을 쥐고 있어. 네 몸을 위해서라도 거스르지 않는 게 좋을 거다. 게다가 금화 하나라고? 너도 마법 학교에 다닐 나이가 되었으니 조금은 분별력을 키워."

"…………."

입을 다문 나를 보며 요제프가 크게 고개를 끄덕였다.

"무언의 승낙. 뭐, 그 이외의 선택지도 없겠지. 그럼 교섭 성립이다."

품에서 자루를 꺼낸 요제프가 금화 하나를 내밀었다.

동시에 나는 요제프의 미간을 노리고 침을 퉤 내뱉었다.

"리즈는 건네지 않아. 불쾌하니 당장 꺼져."

요제프의 관자놀이가 움찔움찔 떨렸다.

그대로 화를 참듯이 심호흡을 하더니, 이번에는 품에서 손수건을 꺼냈다.

"이쪽도 어린애 심부름이 아니야. 꺼지라는 말에 '네, 그러십니까' 하고 물러날 수는 없어."

아, 정말 귀찮다.

아무튼 이 아저씨를 때려눕히는 것이 현 단계에서는 가장 좋은 해결책이려나.

"할 수 없지"라고 혼잣말을 하고 나는 주먹을 뚝뚝 울렸다.

"어라? 류토? 나와 싸우려는 거냐?"

"뭐, 이 상황에선 어쩔 수 없잖아."

그 말에 요제프가 의기양양하게 하하 웃었다.

"류토? 너는 확실히 마을사람 치고는 강해졌어. 분명 나보다도 강하겠지."

아아, 귀찮아.

아무튼 이 아저씨는 날려버린다.

내가 주먹을 크게 쳐든 순간, 아저씨가 고개를 가로저었다.

"류토? 나를 때리면…… 코델리아가 힘들어질 텐데?"

그 말에 나는 주먹을 우뚝 멈췄다.

"무슨 소리야?"

"코델리아가 소속된 조직이 어디지?"

"지금은 세계연합이지."

"그래, 맞아. 그런데 나…… 아니, 내가 소속된 상회를 통해 너의 모국인 베스타하를 움직여 세계연합에 온갖 말을 퍼뜨리면 어찌 될까? 너희를 수인국에서 요인을 납치한 대역죄인으로 만드는 것도 간단하다고?"

뭐? 이 아저씨 무슨 말을 지껄이는 거야?

나는 멱살을 잡고 따졌다.

"너 이 자식…… 무슨 속셈이야? 코델리아의 친척이라고 해도 그냥 넘어갈 수 있는 일과 넘어갈 수 없는 일이 있다고?"

"하하. 넌 정말 웃긴 놈이구나? 내 뒤에 있는 상회가 얼마나 커다란 존재인지 모르는 모양이야."

아아, 진짜 귀찮다.

나의 관자놀이에 움찔움찔 핏대가 드러났다.

"이 자식……."

멱살을 잡은 손에 힘이 들어갔다.

"이봐, 류토? 손 놔."

"왜 내가 그래야……."

"다시 한번 말하겠는데 코델리아가 힘들어진다고?"

"……그러니까 그게 무슨 소리냐니까?"

"잘 들어, 류토? 슬슬 너도 어린애가 아니잖아? 우리 출신 마을의 소재지, 코델리아가 소속된 나라가 어디지?"

"'베스타하'지."

"그래, 맞아. 변경의 소국이지. 그리고 너는 그 나라가 열강제국 속에 놓인 상황을 알고 있어?"

"불면 날아갈 소국이잖아. 열강끼리 힘의 균형을 맞추기 위해 그냥 놔두고 있을 뿐인.

아저씨가 휘익 휘파람을 불고 고개를 끄덕였다.

"마을사람 치고는 박식하군. 그런데 코델리아가 나타난 거다. 성인이 된 용사를 획득할 권리는 출신국에 큰 가산점이 붙지. 뭐, 특별한 일이 없는 한은 베스타하가 코델리아를 획득할 거야."

"…………."

"지금 코델리아는 아직 A랭크 최상위 정도지만, 그 애는 S랭크까지 올라갈 거다. 자, 여기서 문제입니다. 베스타하의 방위 전력은…… 어떻게 될까요?"

"현재의 베스타하와 대치하면 코델리아 혼자서도 공격하여 멸망시킬 가능성마저 있겠지."

"정답이야. 그렇기에 베스타하는 세계연합을 통해 코델리아에게 엄청난 돈을 투자하고 있어. 용사가 있으면 열강을 상대로도 최소한 불면 날아갈 수준에서는 벗어나게 되니까."

"……그래서?"

"그 돈의 출처가 내가 일하는 누라리스 상회란 거다. 당연하지만 어른의 이권이 복잡하게 얽혀 있어서 골치 아프거든."

"성가신 놈이네. 그래서 무슨 말이 하고 싶은 건데?"

"손을 떼. 지금 네가 할 수 있는 건 이것뿐이야. 이 이상 상회를 거스른다면 넌 육체적으로 따끔한 맛을 볼 뿐만 아니라, 있는 일 없는 일을 다 뒤집어쓰고 중범죄자가 되어…… 자칫하면 참수형에 처하겠지."

"그건 사실이 아니잖아? 나는 죽을 뻔한 리즈를 보호했을 뿐이고……."

아저씨가 하하 웃으며 어깨를 으쓱했다.

"사실 따위는 아무래도 좋아. 중요한 건 내가 이런저런 일을 보고한 결과…… 그 결론뿐이니까."

"…………."

조용해진 나에게 아저씨가 마무리를 짓는 듯 말했다.

"고집스러운 녀석이군…… 역시 보험을 걸어두기를 잘했어."

"보험?"

"지금, 이 건으로 아르테나 마법 학교에서 코델리아가 파견되었거든."

나의 귀가 쫑긋해졌다.

"……어째서 코델리아에게?"

"너를 확실히 궁지에 몰아넣기 위해서야. 네 마법사 친구는 A랭크니까."

"무슨 말이야?"

"코델리아가 너를 상대로 검을 들이댈 수 있을까? 대치하면 너희는 대화로 해결하려고 하겠지? 그야…… 상식적이니까."

그 말에 나는 혀를 찼다.

코델리아가 힘들어진다는 건…… 이런 거였나.

"진실을 알면 코델리아는 상회를 노리겠지. 나아가 베스타하도 적대하게 될 거고?"

"그래, 그거야. 자, 류토? 넌 코델리아를 세계의 적으로 만들 셈이냐? 국가를 상대로 싸움을 건 자는 설령 S랭크라도 전 세계가 막아설 거다. 비참한 최후를 맞이할 텐데?"

"그럴 생각은 없어. 그러나 코델리아는 용사야. 세계연합도 그 녀석의 말을 진지하게 들을 테고…… 그렇다면 제대로 된 조사가……."

거기까지 말하다 나는 머리를 싸맸다.

대체로 내 탓이지만…… 설마 여기서 문제가 될 줄은 몰랐다.

"버서커. 코넬리아의 이야기를 진지하게 들을 사람 따위…… 공적인 자리에는 어디에도 없을걸."

나는 크게 한숨을 내쉬며 말했다.

"……요제프 씨, 부탁해도…… 되겠습니까?"

"큭큭, 이제야 내 말을 이해한 모양이군"

히죽거리는 얼굴을 보니 울화가 치밀었다.

입술을 깨물자 입안에 비릿한 맛이 퍼졌다.

"한마디로 리즈를 넘기라는 말이지요?"

"그래."

"저희도…… 여러 가지가 있어서 '네, 그렇습니까' 하고 받아들일 수는 없습니다. 조금 시간을 주시겠습니까?"

요제프가 왼손에 찬 손목시계로 시선을 보내고는 무언가 생각한 뒤 말했다.

"48시간이다. 그 이상은 못 기다려."

"알겠습니다."

몸을 돌리려고 한 나에게 요제프가 혀를 차며 말했다.

"이봐, 류토?"

"왜 그러십니까?"

"'알겠습니다'가 아니잖아?"

"……네?"

"48시간이나 시간을, 쓰레기 같고 우둔한 마을사람 따위에게 주는 관대한 조처에 감사드립니다. 앞으로 이 은혜를 잊지 않고,

요제프 님이 짖으라고 하시면 짖고, 구두를 핥으라고 하시면 바로 제 혀로 구두를 깨끗하게 하겠습니다…… 이 정도는 말해야 하지 않아?"

나는 잠시 입을 다문 채 그 자리에 멍하니 서 있었다.

"안 하려고? 48시간이 24시간이 될 텐데?"

"…………48시간이나 되는 시간을 쓰레기 같고 우둔한 마을사람 따위에게 주는——."

그때 요제프가 고개를 가로저었다.

"이봐, 류토? 그게 아니잖아?"

"저는 요제프 씨가 시키는 대로 말을……."

"그래, 대사는 맞아. 다만—— 무릎을 꿇는 게 빠졌잖아?"

"……뭐야?"

"간절히 빌어야지—— 얼…… 른…… 꿇…… 어!"

나는 울컥하여 하늘을 올려다보았다.

그리고 주먹을 쥐자 요제프가 나를 깔보듯이 웃었다.

"그래도 되겠어? 나에게 거스르면 코넬리아가 어떻게 될지 모르는데?"

"……알겠습니다."

그렇게 나는 이 세상에 태어나 처음으로 무릎을 꿇었다.

★

같은 날.

숙소로 돌아온 나는 바로 릴리스가 있는 방으로 가 문을 두드렸다.

"……왜 그래, 류토?"

갑자기 밤에 찾아온 내가 심각한 표정을 짓고 있자 릴리스가 숨을 죽였다.

"급히 할 말이 있어."

"……응? 중요한 이야기야?"

맞아. 나는 고개를 끄덕이고 말했다.

"혼내주고 싶은 녀석이 있어. 아니, 어떻게 해서든 없애야 할 놈이야. 도와줄래?"

나의 말에 릴리스가 어이가 없다는 듯 웃으며 대답했다.

"……류토?"

"응?"

"그런 건 일일이 묻지 않아도 돼."

"왜?"

"그저 명령하면 되니까. 나는 어떤 명령이라도…… 류토의 명령이라면 거부하지 않아. 극단적으로 류토에게 정말 필요한 일이라면…… 류토가 나에게 죽으라고 하면 나는 기쁘게 죽겠어."

정말 릴리스다운 대답이라 나는 쓴웃음을 지었다.

아무튼, 나는 릴리스의 방으로 들어가 작전 회의를 시작했다.

★

"······리즈를 고아원에 맡긴다고?"

아까는 죽으라고 해도 따를 것처럼 말하더니만······ 지금은 몹시 불만스러운 표정을 짓고 있었다.

"잠깐 피난시키는 거야. 길드 마스터 아저씨의 연줄을 이용하면 간단하잖아? 릴리스는 리즈를 맡길 곳에 도착할 때까지 호위를 맡아줘."

"······왜 리즈를 고아원에 맡겨야 하는데?"

나는 어쩔 수 없다는 듯 어깨를 으쓱했다.

"설명했잖아? 코넬리아가 얽혀 있어서 복잡한 사정이 있다고. 수가 틀어지면 맞서 싸울 거야. 용사가 낀 싸움이라면 일이 너무 커져서 납치가 어쩌고 하는 차원이 아니게 될 거야. 리즈가 위험해져. 혼란스러운 와중에 옆에 두는 것보다는 길드 마스터 아저씨에게 맡기고, 안전한 곳에서 지키는 게 나아."

"······그게 아니야. 내 말은 왜 그렇게 해야 하냐는 거지."

"무슨 말이야?"

릴리스는 불쾌한 기색을 감추지도 않고 통명스럽게 말했다.

"······아까도 말했지만 정말 류토를 위해 필요한 일이라면 바로 승낙하겠어. 하지만······."

"하지만?"

"……그럴 필요성이 있는 것 같지 않아. 왜 리즈가 남몰래 숨어서 피해 다녀야 해? 리즈를 다른 곳에 보냈다가 오히려 더 위험해질 가능성도 있는데."

"그러니까 코델리아가 얽혀 있어서 일이 복잡해졌다니까. 최악의 경우 용사의 자리가 위태로워질 수도 있어. 어찌 됐건 일이 커지기 쉬우니까."

"……그건 코델리아=올스톤의 사정이고, 류토에게 정말 필요한 일은 아니야. 거기에 코델리아=올스톤을 우선하여 사태에 대비할 필요성이 있다고는 생각할 수 없어."

이런, 대화가 안 통한다.

오히려 화가 났는지 릴리스는 얼굴까지 붉어지고 있었다.

말 그대로 리즈를 떼어놓으면 위험해지지 않을까 불안한 모양이다.

그것이 내가 코델리아를 걱정하는 마음에 그렇게 행동한다고 여기고 있다…… 아니 뭐, 그런 식으로 생각하면 화가 날 수도 있긴 한데.

하지만 리즈를 곁에 두고 있어 봐야 지금처럼 계속 노려질 것이다.

릴리스라면 어지간해선 스스로 몸을 지킬 수 있겠지만 리즈는 그렇지 않다.

그렇다면 지금은 길드 마스터 아저씨에게 최선을 다해 지켜달라고 할 수밖에 없다.

"……류토? 이건 명령? 부탁? 명령이라면 명령이라고 해. 그러면 나도 따르겠어."

나는 잠시 생각한 뒤 한숨을 쉬며 말했다.

"부탁이야. 협력해줘."

"……명령이 아니라 부탁이라면 사정은 달라. 나에게도 생각하는 바가 있어."

"아니…… 릴리스?"

릴리스는 나를 노려보며 이를 갈면서 말했다.

"……류토에게 코델리아=올스톤은 뭐야? 백번 양보해서…… 리즈를 그렇게 다루는 건 좋아. 리즈는 류토와 만난 지 얼마 되지 않았으니. 그러니 대수롭지 않게 여겨도 어쩔 수 없어."

"…………."

"……하지만 리즈는 나에게 무척 소중해. 류토? 내가 정말 소중하게 여기는 사람이…… 류토에게는 뭐야?"

릴리스가 비통한 얼굴로 물었다.

"…………."

"……지금까지 계속 참아왔어. 하지만 이번에는 묻지 않을 수 없어. 나는 류토에게…… 뭐야?"

"그 질문에 대한 대답은 보류하겠어. 저기, 릴리스? 나는 나 나름대로 생각해서 하는 거야. 만약의 경우는 말하고 싶지 않고, 여러모로 확실해진 다음 설명하면…… 안 되겠어? 48시간이나 있으면 시간은 충분해. 반드시 너도 알도록 설명해줄게. 믿어줘."

릴리스가 입술을 깨물고 고개를 가로저었다.

"……그래도 역시 납득이 안 가."

"반드시 잘 해결할게. 모두가 납득하는 형태로 할 테니 안심해."

"……알겠어. 지금부터 나는 길드 마스터에게 가서 리즈를 맡기고 올게."

하지만…… 릴리스가 나를 노려보며 말했다.

"……나는 지금, 류토를 약간 불신하게 되었어. 그건 나의 내면에서는 결코…… 아니 절대 있을 수 없던 일. 그 의미를 무겁게 받아들이면 좋겠어."

"그래, 알겠어."

★

열두 시간 뒤.

시각은 오전 다섯 시로, 마침 아침 해가 뜨는 시간이었다.

숙소에 틀어박혀 글쓰기를 마친 나는 길가로 나가 파발마에 편지를 실었다.

그것은 각 방면을 향해 휘갈겨 쓴 편지였다.

"앞으로 서른여섯 시간인가……."

숙소로 돌아와 침대에 누운 나는 천장을 올려다보았다.

어떻게든 아슬아슬하게 시간에 맞출 듯하다. 뒤는 그들에게 어디까지 몰아붙이느냐인데…….

그때 나의 방에서 이상한 냄새가 나기 시작했다.

"…………."

냄새는 문밖에서 나고 있었다.

문을 연 나는 경악했다.

"코델리아의 작은아버지는…… 이렇게까지 하는 건가."

까마귀 사체를 썩은 우유로 삶은 스튜가 뿌려져 있었다.

코가 마비될 듯한 악취에 목구멍으로 신물이 넘어왔다.

"협박인가."

시간제한은 48시간이었을 터였다.

이것은 아마 48시간 중 1분이라도 늦는 것을 용납하지 않겠다는 경고일 것이다.

과연 베니슨 상회의 하부조직. 더럽기는 지지 않는다는 건가.

그러고 보니 베니슨 상회도 나에게 잘린 목을 보내는 웃지 못할 이벤트를 준비해주었지.

뭐, 바닥을 그대로 놔둘 수도 없다.

여관 주인에게 부탁하여 나는 대걸레와 행주, 양동이를 빌렸다.

물론 주인에게는 위자료로 은화 몇 개를 쥐어주었다.

"음…… 이 정도면 됐나."

혹시 이 상태를 릴리스가 보았다면 일이 더 복잡해졌을 것이다.

평소에는 조용하고 침착하지만, 그런 릴리스도 건드리면 안 되는 도화선이 있다.

부모 노릇을 하던 용이 긍지 높게 지내도록 그렇게 가르쳤을 것이다.

그것은 결코 나쁜 일이 아니지만, 용서할 수 있는 일과 용서할 수 없는 일의 경계선이 남보다 높다는 의미이기에 그녀도 이 세상을 살기에는 참 까다로운 성격이기는 하다.

내가 그런 생각을 하며 바닥을 청소하고 있을 때——.

"······일을 마치고 리즈를 맡기고 왔어. 그런데 류토? 뭐 하는 거야? 왜 고용인처럼 일하고 있어?"

제길. 가장 성가신 녀석에게 가장 성가신 장면을 들키고 말았다.

똑똑한 릴리스는 무엇을 청소했는지 알고는 그 숨겨진 뒷사정까지 바로 파악한 모양이다.

"············."

"······답지 않아. 정말······ 답지 않아."

"············."

"······왜 가만히 있어?"

"············."

"······류토? 류토의 힘은 천하무적이야. 기껏해야 상회 하나나 나라 하나쯤 전혀 두려워할 필요가 없잖아? 힘이 있잖아? 류토의 생각을 실현할 힘이. 정의가 이쪽에 있다면······ 나는 그 힘을 행사하더라도 막지 않아."

"전에 말했잖아?"

"······코델리아=올스톤?"

그 말만 하고 릴리스는 깊은—— 아주 깊은 한숨을 내쉬었다.

"······류토에게는 류토의 생각이 있어. 하지만 나에게도 생각은 있어."

그러고는 릴리스가 나의 멱살을 잡았다.

"야…… 릴리스?"

"……힘을 지닌 자에게는 그것만으로 책임이 생겨. 류토만큼 대단한 힘에 수반되는 책임…… 정말 그것으로 괜찮겠어? 류토가 할 수 있는 일은 무수하게 있고, 세계의 규칙도 거스를 만한 힘도 있지. 그걸 전제로 물을게. 정말—— 그것으로 괜찮겠어?"

"릴리스?"

"……왜?"

잠시 기다린 뒤, 나는 멱살을 잡은 릴리스의 오른손을 떼어냈다.

"입 다물어."

약간 분노를 담은 나의 말에 릴리스가 아래를 내려다보았다.

아니, 릴리스는 완전히 위축되었다.

솔직히 말하면 나는 나의 소중한 사람에게 완전히 내려다보는 말투는 쓰고 싶지 않다.

하지만 나와 이 녀석은 그렇게 얄팍한 사이가 아니다.

이번 일도 릴리스라면 마지막에는 반드시 알아줄 것이다.

"……류토? 어째서 그렇게까지……?"

"나에게는 내 생각이 있어. 그 이상의 대답이 필요해?"

"…………있잖아, 류토?"

"응?"

릴리스는 무언가 여러모로 생각하더니 고개를 가로저으며 말했다.

"……믿어도 돼? 정말…… 믿어도 돼?"

릴리스의 표정에 약간 불안감이 보였다.

거의 나의 광신도라고도 할 수 있는 릴리스가…… 아마 처음으로 나에게 보인 의심스러운 시선.

릴리스는 자신의 감정을 떨쳐내듯이 나를 향해 머리를 들이밀었다.

나는 조용히 릴리스의 머리를 쓰다듬었다.

"너는 아무 걱정 하지 않아도 돼. 내가 전부 해결할 테니까."

"……응."

그 말만 하고 릴리스는 눈을 가늘게 뜨며 몸의 근육을 이완시키고는 나에게 기대어 체중을 실었다.

★

그날 저녁.

타임 리미트는 앞으로 약 24시간.

슬슬 편지가 그들에게 도착했을 텐데…….

용사가 어쩌고 하는 규모의 이야기라면 그보다 더 큰 규모의 이야기를 꺼내 형세를 통째로 날려버리면 된다.

그런 생각으로 손을 썼으나, 릴리스는 나의 대응에 확연히 불신감을 느끼고 있다.

제한시간을 넘기면 큰일이다.

뭐, 아슬아슬한 시간까지 버텨도 안 될 때는 그냥 누라리스 상회를 밟는 방향으로 틀 수밖에 없을지도 모른다.

그 경우에는…… 뭐, 내가 나쁜 사람이 되고 말겠지만.

그야 뭐, 대상회를 힘으로 꺾어버리면 그렇겠지.

아니, 코델리아도 휩쓸려서 우리가 태어난 나라와 싸우지 않으면 안 될지도 모른다.

개인이 국가에 싸움을 걸고, 나아가 이긴다면 정말 일이 복잡해진다.

그렇게 되면 온 세계가 적이 되어 세계 연합군이 만들어지겠지.

아무리 나라도 혼자서 전 세계를 상대로 싸울 수는 없다.

며칠이고 잠도 못 자도록 쉴 새 없이 공격한다거나, 집단의식 마법을 사용한다면, 힘 차이도 그만큼 줄어들거나 혹은 뒤집힐 수도 있다. 한 사람이 막대한 힘을 가지고 있는데도 군대라는 게 있는 이유가 바로 그런 거다.

그때 나의 방문을 쿵쿵 두드리는 소리가 울렸다.

"류, 류…… 류토 씨?!"

길드 마스터 아저씨의 목소리다.

무슨 일인가 하여 소파에서 선잠을 자던 나와 침대에서 자던 릴리스가 눈을 떴다.

릴리스가 일어나 문을 열자마자 길드 마스터 아저씨가 나에게 달려왔다.

"아저씨, 무슨 일이야?"

아저씨는 그 자리에 무릎을 꿇고 나에게 빌기 시작했다.

"죄, 죄, 죄송합니다!"

"왜 그러는데?"

창백한 얼굴로 아저씨가 대답했다.

"어제…… 릴리스 아가씨가 맡긴…… 리즈 말입니다만…… ."

머리가 아찔했다.

빌고 있는 것으로 보아 대체로 상상이 가는데…… .

아니, 정말 불길한 예감밖에 들지 않는다.

"자세히 말해보라니까?"

"고아원에 맡기자마자…… 습격을 받았습니다."

그때 밖에서 비명이 들렸다.

이 소리는…… 여관 종업원의 딸이다.

"아니, 이번엔 또 뭐야? 제발 이러지 말자……!"

비명이 끝나자마자 이번에는 복도를 달리는 소리가 들렸다.

이어서 누군가 방문을 쾅쾅 두드렸다.

"역시 여긴가! 아, 정말…… 줄줄이 대체 무슨 일이야!"

반쯤 화를 내면서 문을 열자 여관 종업원이 창백한 얼굴로 서 있었다.

이건 완전히 나쁜 소식이겠구나…… 하며 나는 각오했다.

"죄, 죄, 죄송합니다…… 맡고 있던…… 정원 개집에 있던 손님의 개인 오르토가…… ."

"맙소사…… 이게 뭐야?"

혀를 차며 나는 창가로 달려가 정원을 보았다.

"……오르토?"

바로 릴리스도 다가왔다.

그러나 나는 몸을 내밀려는 릴리스를 손으로 제지했다.

"안 보는 게 나아."

그 이유는──.

──개집 밖으로 토마토가 터진 것처럼 살점이 흩어져 있었기 때문이다.

"약속까지 아직 24시간이 남아 있을 텐데."

그 말에 대체적인 상황을 순식간에 파악한 릴리스가 관자놀이에 몇 개나 핏대를 세우며 따졌다.

"……상대는 대화가 통하지 않아. 그럼 류토? 어떡할래?"

"…………."

가만히 있는 나를 보며 릴리스가 한숨을 쉬었다.

"……처음부터 류토와 약속한 48시간 따위는 지킬 마음이 없었던 거야. 상대는 A랭크인 나를 성가시게 여겼을 뿐. 그리고 마침…… 리즈는 나의 곁에서 떨어졌으니 바로 움직인 거고."

"…………."

"……오르토를 이렇게 한 건 아마 우리를 괴롭히려는 목적."

"…………."

"……또…… 가만히 있을 거야? 이제 됐어. 알겠어."

릴리스는 아이템 박스에서 금화가 담긴 커다란 자루를 꺼냈다.

이어서 레어 아이템과 보석이 담긴 자루를 세 개쯤 꺼냈다.

릴리스의 아이템 박스에 담긴 아이템, 거의 전부였다.

"……신세 많았어. 그밖에 류토에게 필요한 아이템이 있다면 지금 당장 말해줘."

애용하는 마법 지팡이를 꺼내며 릴리스가 말했다.

"릴리스. 공격하러 갈 생각이야? 그러지 마."

"……상대가 누구인지는 이미 알아. 상회와 수인국. 어느 쪽이든 상관없어. 모두 죽여버리면 그것으로 흑막에 도달할 수 있으니."

"혼자 보복할 마음이라면 그만둬, 릴리스."

"……오르토로스가 죽고, 릴리스는 납치되고……."

"그러니 말했잖아. 그만둬, 릴리스. 참아야 해."

"……그런데도 나를 막으려는 남자라니. 여기서 콤비는 해산하자── 내가 하고 싶지 않아."

"릴리스, 이건 명령이야. 그만둬."

릴리스가 나의 손을 뿌리쳤다.

"……안녕, 류토. 나의…… 소중했던 사람. 하지만 이것만은 잊지 말아줘. 너는 내가 처음으로 소중하게 여긴 이성으로 영원히 나의 마음에 새겨질 거야."

그 말에 나는 릴리스의 어깨를 강하게 붙잡았다.

"야, 릴리스!"

나도 모르게 큰소리가 나왔다.

그러자 릴리스가 놀라 어깨를 떨며 조심스럽게 이쪽을 돌아보았다.

그러나 그녀는 곧 나를 강하게 노려보았다.

"……나는 류토의 산하에서 떠나겠어. 나는 협박에 굴하지 않아."

"너 무슨 착각을 하는 거야?"

"……류토는 말했어. 보복하지 말라고…… 참으라고. 그렇다면 나는 류토를 떠날 수밖에 없어."

나는 어이가 없어 허탈하게 웃었다.

"여기까지 당했는데 가만히 있으라면―― 남자가 아니지."

"……무슨 뜻이야?"

"나도 불알 달린 놈이라고."

"……다시 물을게. 무슨 뜻이야?"

"이건 국가를 상대로 싸움을 거는 거야. 너 혼자서는 이길 수 없어. 보복은 상회를 없애면 끝이잖아. 그래서 그만두라는 거야."

릴리스는 잠시 무언가를 생각하고는 약간 기쁜 듯 수줍게 미소를 지었으나―― 곧 굳은 표정을 지었다.

"……알겠어. 그럼 류토는 구체적으로…… 어떻게 보복할 건데?"

"너와 같은 결론이야."

"……어쩌려고?"

"정면으로 뛰어들어 장애물을 모두 없애버려. 그러면 바로 흑막에 도달하겠지. 보복이란 간단한 쪽이 알기 쉬우니까."

"……한마디로?"

"놈들은 선을 넘었다는 거야. 아니, 놈들은 용의 역린을 건드린 것을 알지도 못하겠지. 그것도 무서운 드래곤의 역린을."

나 역시 얼굴에 핏대가 서는 것이 스스로 느껴졌다.

깨물고 있던 입술에서 피가 턱까지 흘러내렸고, 표정은 험상궂은 정도가 아니다.

뭐, 이렇게 되었으니 어쩔 수 없다.

슬슬 각오를 굳힐 때가 온 거다.

"……류토? 그래서…… 어떡할 건데?"

"먼저 코델리아의 작은아버지를 손봐야겠지. 나에게 싸움을 건 것을 지옥에 떨어진 뒤에도 후회하게 해주겠어."

그리고 나는 밖으로 나가려다…… 멈춰 섰다.

조금 생각한 뒤 몸을 돌려 역시 잠시 망설인 끝에…… 결국 나는 릴리스에게 솔직하게 머리를 숙이기로 했다.

"미안해."

"……뭐가?"

"코델리아의 작은아버지가 이렇게까지 나쁜 놈일 줄은 몰랐어. 이러니저러니 해도 코델리아의 친척이라고…… 약속은 지키는 최소한의 양심은 있을 거라 믿었어. 그걸 전제로 완벽한 결과를 위해 시간을 들였는데…… 내가 잘못 생각했어."

"……지금은 후회할 때가 아니야. 아직 리즈는 되찾을 수 있어."

나는 그대로 머리를 숙인 채 그저 가만히 있었다.

최강에 가까운 힘을 얻고, 무엇이든 원하는 대로 하면서…… 확실히 우쭐해진 면이 있었다.

정 안 되면 모두 힘으로 쓰러뜨리면 어떻게든 될 거라고.

그런 자만심이 불러온 결과가 이렇다.

"…………."

"…………."

"…………."

"……류토가 남에게 머리를 숙이다니…… 신기한 걸 봤네. 자, 고개를 들어볼래?"

그러며 릴리스가 나의 머리를 부드럽게 쓰다듬었다.

"류토는 강해. 실제로 힘으로 무엇이든 할 수 있어. 하지만 류토도 인간."

"그래, 맞아."

"……혼자서 끌어안지 않아도 돼. 그것을 위해…… 내가 있어. 조금은 나에게 기대도 돼."

"……네 말이 옳아. 미안해."

"……후회는 뒤로 미루자. 지금은 멈추지 말고 리즈를 최대한 빨리 되찾는 것을 우선해야 해."

"맞아. 그럼 가볼까. 확실히 매듭을 짓기 위해……."

A. 인류 최강인 분들과 함께 오버 킬 하겠습니다

"I am a villager, what about it?"
Story by Arata Shiraishi, Illustration by Famy Siraso

베스타하.

나와 코델리아가 태어나고 자란 나라다.

우리는 지금 그곳의 수도에 와 있다. 누라리스 상회의 본부도 이 도시에 있기 때문이다.

수도는 일명 성채도시라는 것으로, 타원형의 성벽에 도시 전체가 둘러싸여 있다.

"오랜만이네."

내가 자란 마을은 이 나라의 외곽에 있다.

옛날에 딱 한 번 부모님에게 이끌려 수도에 있는 레스토랑에서 식사한 적이 있었던가.

그러나 이 나라의 하층민은 국가에 대한 귀속의식 따위는 거의 없다.

적어도 나는 아버지가 농작물에 매겨진 무거운 세금 때문에 매년 골머리를 앓는 것밖에 기억나는 것이 없다.

말하자면 이 나라 사람들은 피해가 없다면 통치조직—— 베스타하가 멸망하더라도 크게 상관하지 않을 터다.

나는 지금 거기까지 각오하고 베스타하의 수도에 있는 가장 큰 중심가를 걷고 있다.

얼마간 큰길을 걷자 원형광장이 나왔다.

나는 작게 숨을 내쉬었다.

여기서 북쪽으로 1km 나아가면 왕성이 나온다.

그리고 이 광장에는 상회며 모험가 길드 같은 시설이 줄지어 있다.

그중에서도 가장 번듯한 건물이 누라리스 상회의 본부다.

그쪽을 향해 걸음을 옮기자 거대한 문 옆에 갑옷을 입고 창을 든 남자가 한 쌍, 즉 문지기 두 사람이 우리 앞을 가로막았다.

"…………."

"손님? 약속은 잡으셨습니까?"

"아니."

"……그렇다면 제가 접수처에 전하겠습니다. 어떤 용건으로 오셨습니까?"

"너의 질문에는 대답하지 않겠어."

그대로 나는 문고리를 잡았다.

"아니, 손님?! 이 상회는 적이 많아서 말이야? 가끔 쳐들어오는 바보가 나타나기에 우리가 있거든. 이 이상은…… 손님으로 대하지 않을 거라고?"

남자가 내게 창끝을 들이밀었다.

"후우……."

나는 한숨을 쉬며 창의 자루 부분을 오른손으로 잡았다.

"내가 바로 쳐들어온 사람인데?"

잡고 있던 자루를 슬쩍 휘두르자 병사가 날아갔다.

첨벙.

원형광장의 샘에 병사가 호쾌하게 다이빙하는 것을 보고 나는 그 자리에 창을 버렸다.

그러자 다른 한 남자가 나에게 말을 걸었다.

"아, 아니…… 너, 너……! 지금 무슨 짓을 했는지 알고 있는 거냐?! 여긴 거친 일도마다 않는 B랭크 모험가도 있고, 저기 길드에는 A랭크……."

남자가 말하던 도중 품에서 칼을 꺼내 갑자기 나의 목덜미를 노렸다.

"흐억!"

주먹을 한 방.

코뼈를 부서뜨렸다.

손을 탈탈 털며 나는 코피를 흘리며 쓰러지려는 남자의 멱살을 잡았다.

"그러니까 쳐들어왔다고 했잖아? 그리고 너 말이야?"

"하앗…… 녜…… 녜에……!"

"혹시 이 이상 저항한다면 인간으로 취급 안 한다? 언제 죽었는지조차 모를 속도로 목을 베어낼 테니. 뭐, 나는 딱히 고문하는 취미도 없고, 그 경우에는 편하게 죽을 테니까…… 그 점은 안심해도 돼."

"아…… 앗……."

손을 놓자 남자는 그대로 쓰러져 한껏 웅크려서는 벌벌 떨기 시작했다. 이 사람은 더 무기를 쥘 힘도 없을 거다.

나는 거칠게 문을 걷어찼다.

목제 문이 빠지직 분쇄되는 소리가 울려 퍼지며, 주위로 나무 부스러기가 흩어졌다.

"어디……."

주위를 둘러보자 사치스러운 장식품이 빼곡하게 장식되어 있었다.

아마 열심히 일해서 번 돈은 아니겠지. 보기만 해도 토가 나올 것만 같았다.

로비의 넓이는 약 열 평쯤 될까. 뭐, 아무튼 이곳이 접수처임은 분명한 듯하다.

바닥은 고급스럽게도 온통 대리석을 깔았다.

정면에 직원용 책상이 있고, 여직원의 뒤쪽 벽에는 금색의 상회 엠블럼이 걸려 있었다.

"릴리스. 날려버려."

나의 말에 릴리스가 작게 고개를 끄덕이고는 눈앞으로 지팡이를 들었다.

"……플레어."

말이 끝나자 화염구가 엠블럼에 맞으며 큰소리와 함께 폭발이 일었다.

"꺅…… 꺄아…… 꺄아아아아아아아아악!"

직원은 바로 안으로 도망쳤다.

릴리스가 추격하기 위해 손을 살짝 움직이는 것을 본 나는 바로 그녀를 제지했다.

"그만둬. 처음 정한 방침을 잊지 마. 덤빈다면 봐주지 않지만, 이쪽을 공격하지 않는 한 우리도 나서지 않기로 했잖아."

"⋯⋯알겠어."

"다시 확인하자. 우리가 앞으로 하려는 건 보복이지 결코 학살이 아니야. 아랫사람은 아무것도 모를 테고, 애초에 나에게 싸움을 건 사실조차 모르는 녀석이 태반이잖아?"

거기까지 말하던 중, 검이며 창으로 무장한 사람들이 나타났다.

폭력사태를 해결하는 자들인지 살기를 보아하니 의욕이 가득하다.

"이 자식, 여기가 누라리스 상회의 총본부임을 알고⋯⋯."

"시끄러워."

말과 동시에 나는 선두에 선 남자의 등 뒤로 돌아갔다.

──축지.

뭐, 그저 고속이동이지만 이 녀석들에게는 마치 요술처럼 보일 것이다.

나는 오른손을 휘둘러 검을 든 남자의 뒤통수를 가격했다.

"푸억!"

클린 히트.

남자가 날아가 벽에 대자로 철썩 들러붙었다.

그리고는 바닥으로 주르륵 미끄러지듯이 떨어졌다.

바닥에 떨어진 남자가 움찔움찔 경련하는 사이, 나의 앞에 있는 창을 든 남자가 자기소개했다.

"나는 B랭크 모험가! 이 상회의 전속 경호원…… 질풍의 크샤트리── 어흑!"

이번에는 왼손을 휘둘렀다.

당연히 남자가 걸레처럼 날아갔다.

코뼈가 부러져 코피를 뚝뚝 흘리며 남자가 괴로워했다.

"너, 너…… 이 옆에는 모험가 길드가 있는 거 알아? 상회와 길드는 경비계약을 맺었어…… 소란이 일면 길드에서 바로 모험가가 파견된다고?!"

"아, 그래? 그래서?"

"지금 이 도시에는 A랭크 모험가 네 명과 S랭크 모험가 한 명의 파티가……."

"그것참 별일이네. 그런 파티는 제국 수도에서도 보기 힘들 텐데?"

그때 남자가 코피를 흘리며 일어섰다.

과연 B랭크 모험가. 손짓 한 번으로 쓰러지진 않나.

그러나 어중간하게 강하면 힘 조절이 어렵다.

"그래! 넌 이제 끝장이야! 아까 길드에 그들이 있는 것을 봤으니까! 제일 먼저 여기로 달려올 거다!"

바로 그 순간── 상회의 출입문이 열렸다.

너무 타이밍이 좋아 나는 쓴웃음을 지었다.

"……릴리스, 물러나 있어."

마법사 한 명에 전사 한 명, 그리고 격투가와 검사가 역시 한

명씩.

　총 네 명. 세 사람은 A랭크 하위 정도, 나머지 하나는 S랭크이려나. 저 녀석이 방금 말했던 파티가 이들인 것 같다.

　이런 시골에 이 정도의 전력이 있다니 정말 드문 일이다. 뭔 특수한 마물이라도 나왔나?

　그러고 보니 얼마 전에 환생자 흡혈귀를 없앴지. 그것과 관련이 있나?

　아무튼 S랭크 검사(추정)와 릴리스를 여기서 대치시킬 수는 없다.

　이때 호가호위하듯이 얼굴이 코피로 범벅이 된 남자가 뽐내며 말했다.

　"어이, 거기 침입자…… 정말 운이 없군? 설마 이 도시에 이분들이 있을 줄은 몰랐지?"

　그러자 S랭크 검사(추정)가 나에게 말을 걸었다.

　"질풍의 크샤트리아가 패배한 것을 보니 너도 A랭크는 되는 모양이군. 다만── 정말 운이 없구나. 저주할 거면 이 도시에 세계 최강급의 모험가 파티가 머물고 있던 것을…… 자신의 불운함을 탓하도록 해라."

　역시 이 자가 S랭크였던 모양이다.

　너무 봐주면 이쪽이 다칠지도 모른다.

　──모든 신체강화 술식 발동.

금술과 선술은 쓰지 않았다.

이건 치트 스킬 없이 내가 낼 수 있는 최대의 전력. 뭐, 결국은 봐주는 셈이지만, 그래도 단련 끝에 S랭크에 오른 검사에게 내 방식대로 경의를 표할 생각이다.

"S랭크 검사인가. 뭐, 확실히 너의 말대로 운이 없다고 생각해."

나는 도약하여 팔을 크게 쳐들어 검사를 향해 내리쳤다.

"우오옷?!"

과연 S랭크다.

나의 검을 막아냈다.

"뭐야 이건?! 움직임이 거의 보이지 않잖아!"

남자가 크게 당황했다.

아직 수행이 덜 되었군.

전투 중에 당황한 것을 상대에게 들키면 어떡해. 지금은 실제로 위험하다고 생각해도 포커페이스를 유지해야 하잖아.

그에게는 말도 안 되는 일이 벌어진 꼴이니 이런 반응에 다소 동정의 여지는 있지만.

바로 쉬지 않고 나는 다음 동작을 취했다.

스텝을 밟아 검사의 뒤로 돌아갔으나, 역시 이 자는 나의 속도에 전혀 대응하지 못했다.

첫 공격을 막아낸 건 오랜 검사의 감으로 반응했던 것뿐이었나 보다.

휘익 바람을 가르는 소리에 이어 조금 뒤늦게 검을 쥐고 있던 검사의 오른손이 검과 함께 바닥에 소리가 났다.

"……어? 팔이……? 떨어져……?"

얼빠진 표정으로 검사가 중얼거렸다.

나는 바로 떨어진 오른손을 주워 이 파티의 마법사에게 던졌다.

"보아하니 회복마법 전문인 것 같은데, 바로 치료하면 팔 정도는 간단히 붙일 수 있지?"

네 사람은 나를 보며 그저 어안이 벙벙하여 입만 뻐끔거렸다.

"이 이상은 불운으로 끝나지 않을걸? 지금이라면 그 팔 하나로 봐주겠어. 쫓지 않을 테니 얌전히 사라져."

이 말을 듣고도 네 사람은 그저 멍하니 서 있었다.

특히 S랭크 모험가 검사는 경악한 나머지 고통조차 느끼지 못하는 듯했다.

아니, 멍하니 서 있을 여유가 있으면 얼른 지혈부터 해…….

나는 크게 손바닥을 한 번 짝 마주쳤다.

그 소리에 네 사람이 부르르 어깨를 떨었다.

"대답은?!"

그러자 일동의 얼굴이 창백하게 변했다.

아무래도 이제야 상황을 이해한 모양이다.

""""아…… 네…… 네엡!""""

그렇게 네 사람은 후다닥 문으로 나가버렸다.

"어이, 거기 너? 질풍…… 뭐라 했더라……?"

"크, 크, 크샤트리아……입니……다……."

나는 울먹이고 있는 크샤트리아에게 턱짓했다.

"안으로 안내해. 너의 주인…… 상회의 회장과 대화하고 싶어."

사이드: 코델리아=올스톤

이곳은 누라리스 상회, 회장의 방.

졸부 취향의 장식품으로 치장된 방에서 나는 음울한 얼굴로 홍차를 마시고 있었다.

"코델리아, 정말 안 되겠어?"

테이블을 끼고 소파에 마주 앉았다.

작은아버지가 히죽거리며 나에게 물었다.

그 추악한 얼굴을 보니 너무 구역질이 났다.

"그러니 말했잖아. 싫다고."

그러자 나의 옆에 앉은 대머리—— 느끼한 중년 남자가 옆에서 끼어들었다.

"코델리아 양? 내가 용사에게 돈을 얼마나 투자했는지 아나?"

상회장이 나의 어깨로 손을 뻗어 나의 머리를 옆으로 쓸어 넘겼다.

오싹 소름이 끼쳤다.

"그래도 싫어. 안 되는 건 안 돼."

상회장이 나의 어깨에 손을 톡 올렸다.

"그냥 따라다니면서 호위만 해도 되는데?"

"용사의 이름을 팔아서 검문을 그냥 통과할 생각인 거잖아. 나보고 비합법적인 상품의 운반을 도우라고?"

"이거, 이거 말이 심하군. 나는 그저 후원에 대한 감사의 증표로 위험한 여정을 호위해달라고 말했을 뿐이야. 그 길에 요즘 산적이 많아서 말이지."

"그러면 대체 뭘 운반하는지 말이라도 하던가. 나도 바보는 아니고, 용사란 자리도 그렇게 만만한 게 아니거든? 이제 돌아가도 될까? 이젠 한시라도 빨리 여길 떠나고 싶거든."

일어난 순간 작은아버지가 나를 큰소리로 붙잡았다.

"기다려, 코델리아!"

"숙부. 아무리 나의 후원자라고 해도 들어줄 수 있는 부탁과 들어줄 수 없는 부탁이 있어. 나는 상회에 대적하는 범죄자를 잡는다는 이야기를 듣고 왔거든?"

그러자 작은아버지가 고개를 가로저었다.

"……네 부모님이 무사치 못할 텐데?"

"뭐?"

"이 이상 스폰서의 의향에 거스를 셈이라면 이쪽에도 생각이 있다는 말이다. 아까부터 회장이 말한 대로 넌 그저 호위만 하면 돼. 무엇을 옮기는지 넌 몰라도 된다. 그러면 넌 빠져나갈 여지가 있고, 정말 아무것도 모르니 범죄에 가담한 것도 아니야."

"아니, 벌써 대답한 거나 마찬가지잖아……."

"무슨 일이 생겨 일이 커지더라도 넌 정말 모르는 일인 거다.

아무 문제도 없어. 응? 코델리아. 너도 조금은 어른스럽게 굴며 스폰서에게 은혜를 갚아."

안 되겠다.

이 녀석들…… 완전히 막무가내다.

돈과 폭력으로 밀어붙여 지금까지 무엇이든 마음대로 하며 여러 의미로 머릿속 나사가 몇 개나 빠진 모양이다.

"그건 안 된다니까."

"말을 듣지 않으면 상회가 베스타하에 직접 압력을 걸 텐데?"

"뭐? 고작 이런 일로 나라에 압력을? 어쩌려고?"

"너희 부모님에게 트집을 잡아 죄를 뒤집어씌워 투옥할 거다. 그들이 나를 마을에서 추방했으니까. 나로서도 바라 마지않는 일이지."

어이가 없어 웃음밖에 나오지 않았다.

──대체 뭐야 이 자식들.

"…………."

가만히 있는 나를 보고 작은아버지가 씩 웃었다.

"각오가 된 모양이구나, 코델리아. 우리 조카의 영단에 감복했어."

나의 침묵을 멋대로 대답이라 착각한 모양이다.

하지만, 이렇다 뾰족한 수가 없는 건 마찬가지다.

이 자리에서 이 아저씨 둘을 벨 수도 없고.

그렇다고 투옥되도록 놔두면 가족은 계속 이 녀석들의 인질로 쓰일 것이 뻔하다.

도와주는 척하며 부모님을 구출한 다음 정리하려고 했건만.

그러나 내게 맡기려는 이 건이 범죄행위에 가담하는 건이라는 걸 명확하게 밝히지도 않았거니와 애초에 이렇다 할 증거가 없다.

이미 여기저기 포섭도 끝내놓았을 테니, 내가 나중에 상회를 비난하더라도 버서커란 이명을 빌미로 나를 방해하려 들 거다. 아마 나중에는 내가 멋대로 날뛰는 것처럼 만들어 놓을지도.

아니, 앞일을 생각해서 나에게 목줄을 채우려고 하는 걸 수도 있다. 한둘씩 주변에서 잘라 우위를 점하고 이윽고 꼭두각시로 만드는 계획.

그때까지 가면, 어딜 가서 무슨 말을 해도 통하지 않을 거다. 이들의 특기가 뒤에서 손을 쓰는 거니까.

상상만 해도 귀찮다.

──아────, 대체…… 어떻게 하면 좋아!

그때 문이 호쾌하게 쾅 열렸다.

"거기까지다, 악당들아!"

그런 대사와 함께 류토=맥클레인의 화려한 돌려차기가 상회장의 머리에 날아들었다.

"류…… 류…… 류토?"

나는 그저 놀라 류토의 얼굴을 바라보았다.

사이드: 류토=맥클레인

"······자."

방에는 나와 릴리스, 코델리아 그리고 바닥에 쓰러져 거품을 내뿜고 있는 상회장.

마지막으로 경악한 얼굴로 입을 떡 벌리고 있는 코델리아의 작은아버지, 요제프가 있다.

참고로 상회장은 죽이지 않았다.

"류토? 왜 네가 이곳에?"

"여러 가지로 이쪽도 휘말렸거든. 미안하지만 난 너희 작은아버지도 봐줄 마음이 없어."

"그건 마음대로 해. 오히려 잘됐네."

심하게 썩긴 했어도 일단 친척인데, 마음대로 하라니. 조금 미묘한 기분이군.

뭐, 마을에서도 모두가 쓰레기라고 칭한 것으로 유명했으니까······.

코델리아도 이미 더 봐줄 생각이 없는 모양이다.

그때 요제프가 웃기 시작했다.

"하하! 하하하하하! 여름에 불로 뛰어드는 벌레와 같구나? 이거 정말 잘됐군!"

"뭐가?"

내가 의심하며 물었다.

그 말에 요제프가 더욱 큰소리로 웃었다.

"코델리아를 부른 까닭은 너의 뒤에 서 있는 아가씨를 처리하기 위해서야. 뭐, 너희가 너무나 멍청하게 행동한 덕분에…… 목표였던 아이는 데려갈 수 있었지만."

"……너와 대화할 생각은 없어. 당장 리즈를 돌려줘!"

"기다려봐. 먼저 이야기는 확실히 해두자고? 먼저 사실 확인이다. 코델리아도, 거기 소녀도 모두 A랭크지?"

그건 좀 옛날 정보군. 지금의 코델리아라면 S랭크라고 봐야한다. 귀신과 성기사단 일로 한층 더 강해졌을 테니.

그리고 릴리스는 본 실력을 발휘하면 여유롭게 S랭크 최상위나 혹은 그 이상이다.

하지만 이 아저씨에게 그 사실을 전해도 의미가 없으므로 가만히 있자.

"그게 왜?"

"코델리아는 검사, 그쪽 하늘색 머리 여자애는 마법사고?"

"그래, 맞아."

"류토? 너 바보 아니냐?!"

"응? 내가 왜?"

"그야 바보잖아? 네가 가진 최대 전력인 마법사의 이점이 사라진 것이 지금 상황 아니냐? 이 좁은 실내에서는 코델리아가 압도적으로 유리하다는 말이다."

"오우………."

"큭큭, 이제야 알아챘냐? 너무 놀라서 말도 나오지 않나 보군? 자, 코델리아! 이 녀석들이 전에 말한 납치범이다. 어서 죽여라!"

정말 놀라서 말도 나오지 않았다.

무지란 무섭다고나 할까…….

그때 코델리아가 요제프를 찌릿 노려보았다.

"나는 납치범을 퇴치하러 왔는데? 이야기를 들어서는 당신이 납치범 아닌가?"

"시끄러워, 코델리아! 사실 따위는 아무래도 좋아! 나와 상회가 검은색이라고 말하면…… 흰색도 검은색이 되는 거다! 알겠지? 부모님이 잡혀가도 좋으냐?!"

나는 어이가 없어 어깨를 으쓱했다.

"어떡할래, 코델리아? 싸우는 척이라도 할래?"

코델리아가 고개를 가로저었다.

"아니, 그럴 리가 없잖아? 아, 하나 묻고 싶은데?"

"뭔데?"

"이번에도 너에게 맡겨두면 잘 해결되는 거지?"

"……그러려고 노력하는 중이야. 일단, 이 아저씨한테 지옥을 보여줄 예정이라서."

"그렇구나. 네가 그렇게 말할 정도면 이 녀석들도 상당한 쓰레기라고 봐도 되겠네."

코델리아가 싱긋 웃고는——.

──상회장의 얼굴을 주먹으로 힘껏 때렸다.

코가 찌부러지며 '뽀각' 하는 소리와 함께 상회장이 벽으로 나가떨어졌다.

이어서 코델리아는 입을 뻐끔거리고 있는 자신의 작은아버지에게 말했다.

"나는 뒤탈이 없을 것 같은 이쪽에 붙을게."

"코, 코, 코, 코…… 코델리아…… 너…… 무…… 무…… 무슨……?"

"못된 범죄자를 때려줬을 뿐이잖아. 그게 왜?"

다시 요제프가 어안이 벙벙한 표정을 지었으나, 금세 나를 노려보았다.

"이 정도로 코델리아를 농락했을 줄이야……. 대단한 바람둥이구나. 그래서…… 류토 넌 대체 어쩔 셈이지?"

"무얼?"

"……코델리아도 그렇지만, 너희는 지금 자신이 무슨 짓을 하는지 알기는 하는 거냐?"

그럼. 나는 고개를 끄덕였다.

"코델리아와 같아. 돈의 힘으로 굴복시키려는 나쁜 놈들을 혼내주러 왔어. 단지 그것뿐이야."

그러자 요제프가 입을 크게 벌리고 웃기 시작했다.

"하하! 그게 아니잖아? 너희가 하는 짓은 그저 범죄다! 상회장을 때리고 말았어…… 용사가 있더라도 그냥 넘어갈 수 없을걸?"

"먼저 싸움을 건 쪽은 네놈들이잖아. 남이 보호하던 어린애를 유괴하고…… 게다가 우리는 애완동물까지 잃었다고?"

"하하! 하하하! 이해가 안 가는 모양이구나? 이 상회는 세계 각 국에 거액의 자금을 헌금하고 있어! 누가 봐도 검은색이라도 우리가 흰색이라 말하면 흰색이 된단 말이다!"

아아, 귀찮아. 나는 어깨를 으쓱했다.

"……그래서?"

"어? 아니, 그러니 넌 여기서 끝이다. 이 나라는 물론이고, 전 세계에서 현상금을 걸어 도피 생활을 하게 될 거야. 범죄자로서 세계를 적으로 돌렸다는 뜻이라고!"

"아니, 그래서? 그게 지금 널 당장 구해줄 수 있나? 네 목이 날아가면 거기서 넌 끝인데?"

"……어? 아니, 하지만 너…… 국가 권력을 상대로…… 어?"

협박이 전혀 통하지 않는 것을 이제야 깨달은 모양이다.

점점 안색이 창백해지더니 입을 뻐끔거리며 여닫기 시작했다.

"국가 권력? 세계의 적? 이쪽은 이미 그걸 감수하고 온 거야."

요제프가 믿기지 않는 듯 고개를 가로저었다.

"여, 여, 여, 여기서…… 우리를 죽이기만 해보라고? A랭크며 S랭크 모험가가 한꺼번에 너의 목을 노리고……."

말이 끝나기도 전에 내가 싸늘하게 말했다.

"그게 어쨌는데?"

"…………어?"

눈을 몇 번이나 깜박거리더니 요제프가 당황한 얼굴로 외쳤다.

"아니, 류토, 너…… 자살하려는 거냐? 잠깐! 잠깐만! 그만, 그만, 그만! 머리가 이상한 녀석이 상대라면 이야기가 다르지! 잠시 기다려!"

"안 기다려줄 건데? 미안하지만 이쪽은 리즈도 되찾으러 가야 해. 시간이 없어."

나는 검을 꺼내 한 번 휙 휘둘렀다.

"아히익!"

요제프의 귀가 날아갔다.

엄청난 기세로 피가 튀는 와중에 요제프가 서둘러 자신의 귀를 주워들었다.

"귀를 왜 주워?"

나의 물음에 요제프가 목소리를 떨며 대답했다.

"바, 바, 바, 바로 회복마법을 걸면 붙을지도 모르잖아!"

"설마…… 여기서 살아나갈 수 있을 줄 아는 건 아니지?"

"정말 제정신이 아니야! 너 진짜 국가를 상대로 싸울 셈이냐? 나를 죽이면…… 너는 바로 참수형이나 혹은 외진 곳에서 평생 도망자로 살아야 한다고?"

"그 부분은 각오하고 왔다고 했잖아. 오히려 빈손으로는 돌아갈 수 없겠는데."

살의를 담은 시선으로 강하게 노려보았다.

릴리스가 말하기를 나의 이 시선은 이제 마안의 영역에 들었다고 한다. 들짐승이나 낮은 레벨의 마수는 실신할 거라나 뭐라나.

당연하지만 요제프도 몸에 힘이 풀려 그 자리에 주저앉았다.

"아앗…… 아아앗……!"

요제프가 바닥을 기었다.

버둥거리며 릴리스에게 다가가려는 것이다.

"너…… 아니, 아, 아가…… 아가씨는 어때? 이런 정신 나간 남자와 같이 죽을 생각인가? 지, 지, 지금이라면…… 지금이라면 용서해줄 테니…… 이, 이, 이 남자를 막아……!"

"이런, 아저씨. 그쪽 누나는 나보다 백배는 무서울 텐데?"

그러나 이미 늦었다.

말이 끝나기도 전에 똑 하는 가벼운 소리가 났다.

릴리스가 요제프의 얼굴을 걷어차며 그 코뼈가 산산조각 부서지는 소리다.

"……닥쳐."

"으악…… 으악…… 으아아아아아아아아아아아아아아아악!"

요제프가 바닥을 구르며 괴로워했다.

"정말 류토도, 릴리스도 가차 없구나……."

"주먹을 날린 네가 할 소리냐……."

그때 릴리스가 나에게 물었다.

"……그런데 류토? 정말 괜찮겠어?"

"괜찮으니 왔잖아."

"……하지만 류토의 목적은 뒤에서 코델리아=올스톤을 호위하는 것. 이것으로 류토는 지명수배자 신세. 뒤에서 용사를 호위할 수 있을 리가……."

그때 멀리서…… 그들의 기척을 느낀 나는 씩 웃었다.

"아, 그건 걱정하지 않아도 돼. 어제 손을 써둔 게 성공한 것 같으니까. 각 방면으로 편지를 보냈거든…… 그 녀석들도 슬슬 일을 시작했지 않을까."

"……그 녀석들?"

몇 초 뒤── 먼저 실내가 폭력적인 빛으로 물들었다.

이어서 폭발음이 들리고는 지진이 일었다.

꽤 흔들린다. 진도로 따지면 4쯤 될까.

창밖을 확인한 릴리스가 경악했다.

"……저건?"

멀리서 버섯구름이 피어오르고 있었다.

방향으로 보아 나라에서 제일 높기로 유명한 산일까?

"핵폭발…… 초극대마법이야. 우리가 모든 힘을 다한 금색 포효의 열 배쯤 되는 위력이려나? 나라도 저건 무사하지 못할걸."

"류토가 무사하지 못하다고?"

"아무리 그래도 강력한 만큼 준비시간이 오래 걸리니까 그냥 당하지는 않겠지만."

그러자 릴리스의 얼굴에서 핏기가 가셨다.

"설마 류토…… 기껏해야 상회 하나와 싸우려고 그들을 불렀어? 너 한 사람이라도 과잉 전력인데……."

"그래, 내가 아는 사람들에게 편지를 보냈어. 너희의 힘으로 날 도와달라고. 코넬리아도 얽혔으니 이런 식으로 사정이 복잡할 게 뻔했으니까."

"……류토, 하르마게돈이라도 시작할 생각이야? 그들이 무대로 올라와 실력을 행사한다는 건, 그것만으로도 세계의 힘 균형에 큰 문제가……!"

"나를 진짜 화나게 하면…… 뭐, 그렇게 된다는 거야. 할 때는 철저하게 해야지."

"잠깐만, 이게 어떻게 된 일이야?! 그들이 대체 누군데?!"

그러나 나는 릴리스와 코델리아의 물음에는 대답도 하지 않고 십자가를 그으며 천장을 올려다보았다.

"……어떻게 해서든 질기게 살아남아다오, 베스타하. 아무리 그래도 국가가 통째로 사라지는 건 바라지 않으니."

★

──마계의 가장 깊은 곳.

이곳은 폴라림 대수해.

방위 자석이 제 역할을 하지 못하고, 밤낮의 온도 차는 40도를 넘는 극악의 숲이다.

이 수해의 특징은 그곳에 자생하는 거대식충식물일까.

이곳에서는 식충식물이 마물을 잡아먹는 것으로 유명하지만, 처음 이 숲을 찾은 모험가가 진짜 놀라는 것은 그런 게 아니다.

이 수해의 곳곳에는 마물을 말린 고기가 걸려 있다.

식충식물이 자신의 덩굴을 이용하여 보존 식량을 만든 것이다.

이를 본 사람들은 모두 경악을 감추지 못한다.

어떻게 식물이 지능이 있는가 하는 의문은 아무도 풀지 못했고, 대수해의 미스터리로 전해지게 되었다.

그리고 그런 숲에 나무로 만든 작은 오두막집이 있었다.

그 집의 주인은 일찍이 모제스와 마찬가지로, 아니, 다른 방향에서 인공진화의 연구를 하던 자이며, 어떤 식물에게 지혜의 열매를 준 장본인이기도 하다.

그런 사연이 있는 사람이 사는 오두막집의 문을 30대 중반의 큼지막한 남자의 손이 쿵쿵 두드렸다.

잠시 뒤 안에서 "들어와"라는 목소리가 들렸다.

그 말대로 남자는 문을 열고 오두막 안으로 한 걸음 발을 디뎠다.

"윽……?"

들어가자마자 코를 찌르는 이상한 냄새에 남자는 얼굴을 찌푸렸다.

방 한가운데에는 연금술에 쓰는 보라색 액체를 끓이는 커다란 가마솥이 놓여 있었다.

또한 방의 네 구석에는 찬장이 놓여 있고, 개구리 훈제며 박쥐 눈알 등 수상한 아이템이 즐비했다.

그리고 방바닥은 발을 들일 곳조차 없었다.

즉, 고금동서의 마법서가 여기저기 쌓여 산을 이루고 있다는 뜻이다.

그 책 하나하나가 몹시 위험한 마법서이며, 마법 대학원의 대도서관에서도 가장 깊은 곳에 엄중하게 보관될 법한 물건이었다.

아니, 심지어 유적에서 발굴된 미지의 마법서—— 위험도가 지정되지 않은 책도 섞여 있다.

개중에는 몇 글자를 읽기만 해도 발광할 위험한 마법서도 있었다. 그야말로 악마의 책더미라고도 할 수 있다.

그때 아무렇게나 쌓여 있던 책의 산 중 하나가 움직이더니 책이 후드득 무너졌다.

"손님은 오랜만이로구먼."

책 속에서 나타난 사람은 자그마한 여자애였다.

나이는 열 살에서 열두 살 정도. 키는 140cm나 될지 어떨지.

복사뼈까지 내려오는 긴 머리는 그야말로 금색 비단이라고도 할 수 있을 만큼 매끈하다.

보라색 시스루 네글리제를 입은 그녀가 크게 입을 벌리고 하품했다.

"연금술 가마…… 변함이 없군요…… 마린 님."

방 중앙의 커다란 가마솥을 보며 남자가 감탄한 듯 고개를 끄덕였다.

"그래, 연금술은 나의 인생이니까. 뭐, 천재니까 가능한 일 아니겠는가."

"천재요? 탁류를 끓여 모은 증기로부터 증류수조차 제대로 만들지 못하면서? 마법 학교의 초등과 학생이라도 할 줄 안다고요?"

그러자 마린이라 불린 소녀가 천장을 올려다보며 아득한 눈을 했다.

"하늘은 모든 것을 주지 않는 법일세. 세계 최강의 마법사……

마계의 금술사라 하면 나를 가리키네만, 나는 덤벙거리는 성격이거든."

"폭발마법은 정말 대단하지만요. 섬세한 마력 조정이 필요한 바람 계열의 마법은 생활 마법 수준조차 쓰지 못하시지만."

마린이 고개를 끄덕였다.

"그런데 연금술 가마로 무엇을 만들고 계셨습니까? 하지도 못하는 데 또 엄청난 합성에 손을 대셨다거나……? 노블 엘릭서 같은 것이라도?"

마린이 흠~ 하며 턱에 손을 대고 고개를 가로저었다.

"아니, 이번에 저 가마로 만드는 건 연금술이 아니야. 저 보라색 액체는 말이네…… 화이트 스튜일세."

30대 중반의 남자가 입을 삐끔거렸다.

"흰색이니 화이트 스튜 아닙니까? 저건 누가 봐도 보라색입니다만?"

"음. 나도 의문일세. 분명 나는 화이트 스튜를 만들었을 터인데?"

"예?"

"……무슨 까닭인지 세계 삼대 독극물 중 하나인 우로보로스 진액이 만들어졌다네."

"고난도 합성 독이잖아요?! 아니, 그건 그것대로 대단하네요! 재료는?"

"밀가루와 버터, 소금, 마카로니, 닭고기……."

그러자 남자가 고개를 갸웃했다.

"예? 그런데 어떻게 우로보로스 진액이?"

"그러게 말이네. 매우 평범한 재료야. 밀가루와 버터, 소금, 마카로니, 닭고기…… 그밖에 조금 변형을 주었을 뿐이네만?"

"그 '변형'이 무척 궁금합니다!"

"변형……?"

"네! 어떻게 하셨죠?"

마린이 일어나 허리를 비틀었다.

그리고 윙크를 하며 말했다.

"그건 나만의 비법이니 비밀일세♪"

"이거 또 한 방 먹었군요!"

분위기를 잘 맞추는 남자다.

아니, 그렇기에 남자는 마계의 금술사인 마린의 마음에 들어 찾아오는 것을 허락받은 것이다.

"그런데 무슨 일인가? 나의 잠을 방해한 죄는 크네만? 섣부른 이유라면 그대라도 용서치 않을 걸세."

그러자 남자가 진지한 얼굴로 품에 손을 넣었다.

"류토=맥클레인이 보낸 편지입니다."

마린이 한쪽 눈썹을 올렸다.

"류토의 편지라고? 흠, 심상치 않은 사태겠군."

"그래서 저도 마린 님을 바로 찾아뵙기 위해 서둘러 왔습니다."

"만약 바로 오지 않았다면 널 갈아서 잉어 밥으로 던졌을 게다."

그 말에 남자가 곤란한 표정을 지었다.

"이래 봬도 저는 S랭크 모험가 중에서도 선두를 달리느라 바쁩니다만? 그 밖에도 귀찮은 직책도 있고……."

"크하하. 제법 뻔뻔해졌구나? 넌 '용왕과 유쾌한 동료들'에서도 최하위 중의 최하위 심부름꾼이 아니더냐? 그러니 인권이 있을 리 없지."

"오히려 그 멤버에 저를 넣어주고 계셨다니…… 놀랍습니다."

"뭐, 솔직히 넌 마린과 유쾌한 동료들의 밑바닥 멤버다만."

"하부조직이란 말씀입니까? 동료로 넣어주신 것을 영광스럽게 생각합니다."

"세상에서 보기에는 너 또한 인간을 벗어났으니까 말일세."

그러며 마린은 류토가 보낸 편지를 읽었다.

"조금 기다리게."

마린은 바로 진지한 얼굴로 오두막 안쪽으로 들어갔다.

그리고 새까만 마법사 로브와 모자, 그리고 애용하는…… 대사신의 해골로 만든 지팡이를 들고 돌아왔다.

"그런데 길드 총본부의…… 그랜드 길드 마스터여?"

"왜 그러십니까?"

"편지는 읽었는가?"

"보아도 된다고 하였기에 읽었습니다. 참고로 류토=맥클레인은 저를 그저 S랭크 아저씨라고 생각하고 있으므로…… 완전히 부려먹고 있습니다. 뭐, 한 방에 당한 제가 잘못입니다만……."

"인간계에서는 최고의 실력과 길드 전체를 관리하는…… 어떤 의미로는 대국의 왕보다도 훨씬 권력을 지닌 너에게 굳이 물으마."

"말씀하십시오."

"상대는 변경의 소국 아닌가?"

"그렇습니다."

"그런데…… 내가…… 필요한가? 류토 혼자서도 여유롭지 않은가?"

당황한 표정으로 그렇게 묻는 마린에게 그랜드 길드 마스터도 크게 동의했다.

"확실히…… 필요 없습니다."

사이드: 마린

——그런 연유로 변경의 소국에 왔다.

류토의 편지에는 이 나라를 겁에 빠트리면 된다고 하는데.

거리를 걸어 왕도의 성벽이 보이기 시작할 즈음, 나는 어떻게 해야 할지 생각했다.

공포에 떨게 하는 방법도 여러 가지 있다.

사소하게는 상대의 가족을 고문하고, 사체를 보내주는 것일까.

그때 좋은 생각이 떠올랐다.

나의 시선 끝에 높은 산 하나가 보였다. 어디, 높이는 3,000m쯤 되나?

나는 오른손에 든 지팡이를 들었다.

"일단 산을 하나 날려버리면 충분하겠지."

다행히 주문을 외울 시간은 얼마든지 있다.

정신을 집중하여 수십 초쯤 명상과 주문 영창을 마치고 중얼거렸다.

"빅뱅."

그렇게—— 버섯구름과 동시에 산이 하나 사라졌다.

"흠. 아직 나도 제법이구먼. 뭐, 이 나라의 가장 높은 산을 민둥산으로 만들면 충분하겠지."

그때 드높은 웃음소리가 주위에 울렸다.

"하하! 오랜만인데도 여전한 모양이네, 로리 할멈."

나는 혀를 차며 15m쯤 뒤로 물러났다.

나의 시선 끝에 10대 후반의 여자애가 하나 있었다.

키는 160cm 정도 되고, 건강해 보이는 하얀 피부가 싱그럽다. 포니테일로 묶은 분홍색의 긴 머리는 비단처럼 부드럽다.

데님 소재의 쇼트 팬츠에 상의도 노출도가 높은 비키니, 반팔 후드 집업…….

볼륨감이 없이 마른 몸매지만, 이곳이 여름 해변이라면 이만큼 어울리는 복장도 없다.

나는 노골적으로 불쾌한 표정을 지었다.

"……예전에도 말하지 않았는가? 나의 반경 10m 이내로 갑자기 다가오지 말라고."

"반대로 내 쪽에서는 네놈과 거리를 두고 대치하고 싶지 않아. 이래 봬도 이 몸은 널 괴물이라고 생각한다고?"

"괴물이라니? 마력 연성도 없이 주먹만으로 지도를 뒤바꿀 수 있는 진짜 괴물에게는 듣고 싶지 않네만."

하하. 분홍색 머리가 크게 웃었다.

"준비시간만 있다면 수천 미터의 산을 단번에 민둥산으로 만드는 녀석이 할 소리는 아니군."

그 말에 나는 깊은 한숨을 내쉬었다.

"헌데 류카이? 전부터 생각했네만……."

"응? 뭔데?"

"애초에 말일세? 선술이란…… 분신술이며 은신술…… 굳이 따지자면 보조 마법에 가까운 기술체계 아닌가? 아니, 선술의 최종목표는 자연과의 동화를 목표로 하여 자신을 신과 같은 존재로 하는…… 그런 종교 같은 느낌의 길을 가리키는 것 아닌가?"

"맞아, 일반적으로는 그렇지!"

"……자연과의 조화를 취지로 한 마법 연구의 갈래 중 하나가 선술…… 그것이 나의 인식일세."

"틀리진 않네!"

"어느 세계에 자연파괴…… 주먹 한 방 날리면 수십 미터 크기의 크레이터를 만드는 선인이 있단 말인가?"

그것을 듣고 류카이가 배를 잡고 웃었다.

"하하하! 무슨 말이야! 선술은 힘이Zi!"

"그것은 네놈뿐이니 않나…… 그런데 류카이?"

"왜?"

"선술로 젊어졌다고 해도 천 살이 넘은 영감님 아닌가? 이제 그런 차림은 그만두는 게 어떻겠나?"

그러자 류카이가 호쾌하게 웃었다.

"하하! 귀여우니까 좋잖아!"

"그런 문제가 아니네만……. 그보다…… 그 살짝 부푼 가슴은 어떻게 만든 겐가?"

류카이가 자신의 작은 가슴을 가리고 있는 비키니를 가리키며 더욱 웃었다.

"하하! 흉근이야, 흉근!"

"그런 흉근이 대체 어디 있나……. 아니 애초에 왜 비키니로 가슴을 가리는 겐가? 남자 주제에?"

"사소한 일은 신경 쓰지 마! 귀여우니까 좋잖아!"

"그리고 대체 왜 쇼트팬츠인 겐가…… 게다가 짧은 것에도 정도가 있지…… 심지어 분홍색 머리를 기르고 포니테일……."

"아까도 말했잖아?"

"음?"

"귀여우니까 좋잖아!"

그 말에 나는──.

──우와아…… 하며 질색한 표정을 지었다.

천 살이 넘은 할배가 십 대 중반 소녀로 여장이라니.

게다가 솔직히 귀엽다.

이것은 정말 여러 가지로 몹쓸 짓 아닌가. 무엇을 어떻게 하면 저렇게 된단 말인가?

그 부분은 차치하고──.

"그건 그렇고 이 자리를 어떻게 수습할 텐가? 류카이 네놈도 류토에게 편지를 받았겠지?"

"철저하게 때려주라고 쓰여 있었지! 당연히 파괴와 살육이 아니겠나! 요란하게 날뛸 거야!"

"아니, 그야 그렇게 쓰여있긴 했다만…… '비전투원을 제외하고'는 왜 빼먹는 겐가?"

"하하! 요즘 노안이 심해졌거든! 즐기는 데 방해가 되는 일은 보이지 않게 되었어!"

"늙은이인 건 실제 나이뿐이고, 육체도 식욕도, 성욕도 왕성한 10대 후반인 주제에 노안은 무슨. 아니, 그보다 진짜 왜 여장을 하는 게냐…… 이 변태가!"

그러자 류카이의 관자놀이에 핏대가 섰다.

"너 지금…… 변태라고 했어? 아…… 이건 이 몸도 좀 화가 나는데. 솔직히 네놈도 다 죽어가는 할망구인 주제에 이제 막 초경이 온 계집애처럼 꾸며놨잖아? 넌 너무 극단적이야."

"극단적이라니?"

"마법도 폭발 계열 외에는 웬만한 마법 학교 학생에게도 뒤처지는 수준이니, 홍련의 초마법사가 듣고 한심하다고 했어."

"뭐? 너야말로 산에 틀어박혀 꼬물꼬물꼬물꼬물…… 영혼을 대자연과 동화시키는 연구 따위나 하는 음침한 취향의 방구석 폐인이면서!"

"그러니 아까도 말했잖아! 이 몸의 선술은 아주 약간 다르다고! 하하! 선술은 힘이Zi!"

깔깔 웃는 여장 할배. 오랜만에 만났지만, 역시 이 인간은 너무 자극적이다.

개성이 지나치게 강하다.

솔직히 나도 평범하지는 않지만, 이 인간과 비교하면 아무것도 아니다.

나는 그 자리에서 머리를 싸매고 말았다.

"……머리가…… 아프구먼."

"어? 왜 그래, 할망구? 갱년기 장애인가?"

"……갱년기 장애라고? 말이 좀 심한 거 아닌가? 1495년 전쯤에…… 같은 마법 대학원에서 나란히 공부하던 사이 아닌가? 조금만 더 다정하게 말할 수는 없는 겐가?"

"마법 대학원……. 뭐, 그리고 보니 그런 일도…… 있었던가."

"네놈은 전 과목 만점이고, 나는 폭발 계열 이외의 과목은 늘 낙제했었지. 그때부터 나는 네가 거북했네. 솔직히…… 콤플렉스일세."

"콤플렉스라는 말은 내가 할 소리야. 그렇게 따지면 화염 계열 마법시험…… 백 점 만점에 천 점이라는 특례를 받으며, 다른 교과의 낙제점을 억지로 빵점에서 만점으로 끌어올린 네놈에게 그런 말은 듣고 싶지 않아!"

"뭐, 나는 무엇이든 능숙하게 해내는 네가 부러웠네만. 심지어 마법 대학원을 졸업할 시기를 얼마 안 남기고 '질렸다'는 한 마디만 남기고 산에 틀어박히기 시작하고……."

"아니, 이쪽은 네가 부러웠다니까? 그대로 서방 마법으로 너와 경쟁했어도 절대 너에게 대적하지 못했으니까."

"…………."

"…………."

그리고 우리는 옛날을 떠올리며 서로 마주 보았다.

"…………."

"…………."

침묵하며 마주보기를 수십 초, 문득 류카이가 침묵을 깼다.

"사실 이 몸은…… 옛날에 너를……."

그래, 여기서 그 이야기를 꺼내는구나.

뭐, 나는 그럭저럭 알고 있었지만…… 하며 크흐흐 웃었다.

"나도…… 여장을 시작하기 전의 너는 그리 싫지 않았네만."

그 말에 류카이가 "헙" 하며 숨을 들이켰다.

"……그랬어?"

"응."

그러자 류카이는 하늘을 올려다보며 살짝 주먹을 쥐었다.

"저기, 그러면…… 지금부터라도 다시 시작하지 못할 건 없단 말이지?"

"하하, 서로 시간의 법칙도 거스르고…… 영문도 모를 외모로 꾸미고 있네. 넌 여장을 했고, 심지어 나는…… 어린애라고? 연애에는…… 성적인 의미도 따라오는 법일세. 너만큼 유명한 선인이 어린애와 사귄다면 문제가 되겠지."

"상관없는데? 아니, 정말 전혀 상관없는데?"

"……뭐? 이상하지 않나? 나는 외모만 보면 열 살 언저린데?"

"오히려 1495년 전보다 너보다 그쪽 외모가 더 귀여워서 좋아."

"아니…… 그러니까…… 나는…… 어린…….'

"아까부터 상관없다고 했잖아?"

"게다가 너…… 여장…… 이제…… 남이 보기에…… 커플이라 기에는…… 여러모로…….'

"어떤 의미로는…… 새롭지 않아? 새로운 장르잖아?"

자신만만하게 말하는 류카이를 보며 나는 완전히 질겁했다.

즉, 아…… 이거 큰일 날 녀석이구나…… 라고.

"하하! 아무튼 귀여운 건 정의라GO?! 남들이야 알 게 뭐야!"

이 녀석과 어울리다 보면 이야기에 진전이 없다.

나는 어흠 하고 크게 헛기침을 했다.

"그래서 어떻게 할 겐가?"

"억지로 화제를 바꿨구나, 이 자식!"

"너 같은 놈과 계속 대화하겠냐, 이 바보가!"

잠시 우리는 서로 노려보았다.

곧 류카이가 짜증을 내며 말했다.

"그래서 네놈은 벌써 산을 한 날려버린 거지?"

"그 정도는 보면 알 수 있을 터인데."

"결국 이 작은 나라의 인간들에게 겁을 주면 된다는 거지?"

"뭐, 이미 내가 충분히 겁을 줬네만."

"맞아. 이미 충분히 겁을 주고 말았거든…… 나 참, 내가 할 게 없잖아? 네놈이 먼저 해버리는 바람에 이 몸이 아무것도 못 한 것 같은 창피한 꼴은 당하고 싶지 않은데."

"대체…… 몇 번이나 같은 질문을 하게 하는 겐가? 무엇을 할 생각인지 묻고 있지 않나? 나라 하나를 철저하게 두려움에 떨게 해야 한단 말일세? 게다가 대규모인 것은 이미 내가 해버리고 말았네."

"맞아, 그럼 그걸 할까?"

"흠…… 그것……이라?"

★

——로리 할멈과 여장 할배의 해후가 있기 수십 분 전.

베스타하의 수도.

국왕이 머무는 궁전에는 귀족들이 벌이는 주지육림 연회가 열리고 있었다.

호화로운 장식품으로 꾸며진 연회장은 넓이가 백 평에 달했으며 뷔페 스타일로 나온 갖가지 음식은 돈을 갈아 넣은 듯한 초고급 식재뿐이었다.

술도 다양하여 이미 술에 취해 기분이 좋아진 사람도 여기저기 있었다.

연회장 끝에는 융단 위에 호쾌하게 쏟아낸 토사물이 곳곳에 널려 있어서 완전히 무례함을 넘어 혼란스러운 상태가 되어있었다.

더 놀라운 점은 상반신을 벗은 시녀가 술을 따르며 돌아다닌다는 것이다.

또한 마음에 든 여자가 있으면 그대로 별실로 데려가는 것조차 가능한, 믿기 어려운 시스템마저 갖추어져 있었다.

무거운 세금에 허덕이는 백성들이 보면 졸도할 광경이지만, 그런 연회장 중앙에서 베스타하왕은 진심으로 연회를 즐기며 웃고 있었다.

"잘해주었다. 누라리스 상회."

그렇게 말하며 초로의 남자—— 베스타하왕이 꾸벅 고개를 숙였다.

"아니, 폐하께서 머리를 숙이다니……. 게다가 저는 회장님의 대리에 지나지 않는데……."

"그리 말하지 말라, 누라리스 상회 부회장. 이번에 그대들의 헌금 덕분에 우리나라는 세계연합에 더 많은 돈을 낼 수 있게 됐어."

"그렇다면…… 용사 코델리아=올스톤의 획득에 더욱 한 걸음 앞장서게 되었다는 말이군요?"

"그건 이 나라 출신이야. 애초에 우리에게 획득 권리가 있단 말일세. 뭐, 이번 출자는 우리의 권리를 더욱 공고하게 해줄 거야."

"최종적으로는 길드 환산으로 S랭크 영역에 도달할 것이 약속된 전략병기니까요. 아무리 돈을 내놓더라도 아깝지 않습니다."

"바로 그걸세. 그것이 살아 있는 한, 우리나라의 안전보장은 약속된 것이나 마찬가지야. 이것으로 일이 생길 때마다 욕망의 가죽을 뒤집어쓴 고랭크 무리에게 돈을 내지 않고 넘어갈 수 있겠지."

"그것만이 아니지 않습니까?"

맞아. 베스타하왕이 동의했다.

"코델리아=올스톤이라는 압도적인 전력을 배경으로…… 오랜 냉전 상태에 있던 영지 내의 야만족을 평정하는 것도 가능하네."

"야만족입니까. 갈색 피부를 가진 젊은 여자는 희귀하여 비싸게 팔리니까요. 그때는 부디 누라리스 상회의 노예상을 마음껏 이용해주십시오."

"물론이지. 그리고 우리는 밀의 생산지를 확대할 수 있어. 그것을 기반으로 고랭크 모험가를 모으고, 더욱 전력을 강화…… 그렇게 하면 변경의 소국이 아닌 열강들과 어깨를 나란히 하는 것조차……."

그러자 상회 부회장이 짓궂게 웃었다.

"그것만이…… 아니지요?"

그 말에 왕이 더없이 추악한 미소를 지었다.

"음. 영지 내의 야만족들을 시작으로── 동서남북의 온갖 야만족을 평정하면 그 여자들을 수백 명 단위로 기를 수 있네. 그것이야말로 나의 비원이지."

"하렘이라도 만드실 생각입니까?"

"왜 내가 야만족을 상대로 그래야 하는가?"

"……그 말씀은?"

"나의 꿈은 야만족 동물원을 만드는 것일세! 하하! 발정한 오크들을 그 속에 풀어놓으면…… 대단한 볼거리가 생기겠지?"

"여전히 멋진 취미를……."

그때 베스타하왕이 고개를 들었다.

"이것도 모두 너희들 누라리스 상회 덕분일세! 이거 참, 누라리스 상회님이라고 해야 할까!"

"폐하…… 고개를 드십시오."

"아니, 나는 고개를 들지 않겠네. 무한으로 돈을 내주는 좋은 돈줄님께 감히 고개를 어찌 들겠는가!"

"그러나 폐하…… 국왕으로서의 위엄이…….."

"프라이드나 위엄 같은 건 돈 앞에서 무력하네! 돈줄을 위해서라면 얼마든지 고개를 숙이겠네! 하하! 하하하하하!"

"그런데 폐하?"

"응? 무언가?"

"이번 출자의 대가 말입니다만…….."

"맥킨리에서 수입한 다이아몬드의 판매 허가 말인가?"

"네, 그렇습니다. 인간과 아인의 역사…… 아직 옛 생각에 사로잡힌 나라가 많습니다. 아인의 나라에서 온 수입품은 판매 허가를 내주는 나라가 적어서…….."

"우리나라도 수인과의 교역을 금지하고 있네. 옛날부터 줄곧 그래 전해져 내려왔지."

"예?"

상회 부회장이 놀란 표정을 짓더니 점점 안색이 창백해졌다.

"허나…….."

"…………?"

"마음대로 하라. 국왕인 내가 허가하고 또 선언하겠다. 선조의 말씀은 현 시각에 폐지하겠노라고."

그 말에 누라리스 상회 부회장이 깊숙이 머리를 숙였다.

"영단에…… 감사드립니다."

"앞으로도 돈줄이 되어줄 것 아닌가. 함부로 대할 수야 없지. 하하!"

"그리고 덤으로 말씀드리기에는 뭐하지만…… 그 밖에도 조금 봐주셨으면 하는 일이……."

그 말에 베스타하왕이 호쾌하게 웃었다.

"수인의 딸 유괴에 관한 일이지? 코델리아=올스톤 본인에 대한 압력 및 그 부모를 투옥하여 인질로 삼겠다고. 그리고…… 뭐였더라? 아무튼 마을사람인지 뭔지를 갖가지 방법으로 괴롭힌 일도 편의를 봐달라는 거였던가?"

"네, 맞습니다."

베스타하왕이 누라리스 상회 부회장의 어깨를 톡 두드렸다.

"상관없다. 모두 너희가 원하는 대로 해. 치외 법권은커녕 우리나라의 사법을 모두 끌어와 면죄와 제재를 걸어주지. 그런데 너희도 왜 마을사람 하나에 그렇게까지 강하게 나서는 게냐?"

"하하. 뭐, 저희 상회의 이념은…… 사자는 토끼가 상대더라도 최선을 다하는 것이니까요."

그러며 상회 부회장이 회중시계를 꺼냈다.

"폐하?"

"음?"

"오늘 연회에는 특별한 이벤트를 준비하였습니다."

"이만큼 호화로운 연회를 열었으면서 또 다른 게 있나?"

"네. 그렇습니다. 실은 불꽃놀이를 준비하였거든요. 그리고 슬슬 한 발······ 큰 녀석이 폭발할 겁니다."

"흠? 불꽃놀이라?"

그때······ 멀리서 폭발 소리가 울렸다.

아니, 폭발 소리라 표현하기에는 뱃속까지 울리는 너무 강력한 중저음이었다.

이어서 엄청난 빛이 창문으로 들어오면서 실내가 새하얀 빛에 휩싸였다.

"하하, 이거 꽤 강렬하군? 눈이 부셔서 아무것도 보이지 않아."

"네, 확실히 강렬한 불꽃이군요. 낮에 불꽃놀이를 하느라 화약을 많이 쓴 모양입니다. 뭐, 물론—— 돈을 아낌없이 썼으니까요!"

왕이 회장 안의 귀족들에게 큰 목소리로 말했다.

"여봐라! 우리 왕국의 소중한 친구인 누라리스 상회에서 낮의 불꽃놀이를 선물하였노라! 창가로 다가가 다 같이 즐기자꾸나!"

왕이 솔선하여 와인잔을 들고 창가로 걸어갔다.

그리고 창가에 선 사람들의 눈의 들어온 풍경은——.

——산꼭대기가 폭발과 함께 날아가는 광경이었다.

그리고 왕은 경악하여 외쳤다.

"자, 자네. 화약을 너무 많이 쓴 것 아닌가————?!"

국왕의 커다란 절규에 누라리스 상회 부회장은 의아하여 인상을 찡그리며 창가로 다가갔다.

"폐하? 대체 무슨 말씀이신지……."

부회장은 고개를 갸웃하며 창밖을 내다보았다가 경악하며 외쳤다.

"얼마나 화약을 쓰면 이렇게 되는 거야————?! 확실히 돈을 아끼지 말라고 하긴 했지만————!"

지나치게 과장된 반응에 설명조인 대사였다.

그리고 다리에 힘이 풀린 듯 왕과 부회장은 그 자리에 주저앉았다.

""아니, 자중 좀 하라고, 불꽃놀이 장인…….""

질겁한 표정으로 두 사람이 나란히 입을 모아 말했다.

이어서 부회장이 그 자리에서 왕에게 무릎을 꿇었다.

"죄송합니다! 저희 불꽃놀이 장인이 나라 제일의 표고를 자랑하는 영봉을 민둥산으로 만들고 말았습니다. 심지어 정상의 일부는 완전히 날아가 버렸습니다!"

창백한 얼굴로 베스타하왕이 멍한 표정으로 중얼거렸다.

"음. 요즘 불꽃놀이는 정말 대단하구먼."

그때 국왕을 모시는 근위대장이 한 걸음 나섰다.

"폐하, 아무래도 저건 불꽃놀이가 아닌 것 같습니다."

그 말에 베스타하왕은 눈을 크게 떴다.

" 불꽃놀이가 아니라고?"

"네."

"불꽃놀이가 아니라면 무슨 일이 일어난 겐가?"

"무언가 자연재해가 아닐까 싶습니다. 저 폭발은 사람의 힘으로 일으킬 수 있는 수준이 아닙니다."

그러자 왕이 작게 고개를 끄덕였다.

"듣고 보니 그럴지도 모르겠군. 이거 큰일이 벌어졌는지도 모르겠어. 기사단을 당장 조사하러 보내라! 무슨 일이 일어났는지 당장 확인해야 해!"

★

──그리고 장면은 산에 핵 공격을 한 마린과 선인: 류카이에게도 돌아간다.

분홍색 포니테일에 데님 소재의 쇼트팬츠. 그리고 가슴을 가린 마이크로 비키니에 반팔 후드 집업 차림.

나이 첫 살을 넘긴 여장 남자── 선인: 류카이가 입가를 씩 올렸다.

"음…… 나는 그걸 쓸까."

"뭔데?"

"이 몸도 네게 지지 않을 만큼 강렬한 인상을 남겨야 하잖아. 한 2천 명 만들면 되려나?"

"아, 선술의 특기인 영혼의 형용 변질을 이용한 실체 작성. 실체가 있는 분신술이라고 했던가?"

"바로 그거야."

"근데 뭐하러 2천이나 만드나? 애초에 민둥산을 만들기와 비교하면 전혀 인상 깊지 않네만? 게다가 그만큼이나 만들면 네 분신이라 해도 일반인보다 조금 나은 수준일 텐데?"

그러자 류카이가 어이가 없는 듯 웃었다.

"너 정말 폭발마법 말고 다른 건 못 쓰는 거야? 간단한 색적술식쯤은 익혀둬."

그러며 류카이가 베스타하를 가리켰다.

"흠?"

"이 몸의 천리안으로 보아하니, 기사단 500명이 이쪽을 향해 오고 있다 이거야."

"선술은 정말 편리하구먼……."

"아니, 서양 마법에도 비슷한 게 있는데? 네가 폭발밖에 할 줄 모르니까 그렇지."

"……꼼꼼한 작업은 서툴단 말일세. 그래서 분신으로 뭘 할 생각인가?"

"기사단이 여기까지 오려면 한 10분은 걸릴 거야."

"흠, 그래서?"

"한 사람당 네 명씩 붙이면 되겠지?"

"뭘 하려고?"

"먼저 기병들을 말 위에서 모두 끌어내려야지. 보병에게는 밭다리후리기를 걸고."

"밭다리후리기? 그건 이계의 무술 아닌가?"

"맞아, 그거야! 하하! 선술은 기술이Zi!"

"흠. 그래서?"

"한 명당 넷이 붙어 사지의 관절을 붙잡는 거지. 양손은 팔꿈치를 꺾어 누르고 양다리는 아킬레스건을 붙잡아서. 어때, 대단하지 않아? 손발 하나당 한 사람이 잡는 건데?"

그러자 마린이 어이없다는 표정을 지었다.

"뭐가 대단한지 하나도 모르겠네만."

"상상해보라고? 천 살이 넘은 엄청 예쁜 여장 할배가 2천 명이라니까? 똑같은 얼굴이 우르르 달려들어 사지를 꺾어대는 광경이라고. 5백 명의 기사단이 저기 누워서 고통으로 절규하게 될걸?"

"그렇게 들으니 끔찍하군. 그런데 5백 명이나 있으면 B랭크 이상도 있지 않겠는가? 그렇게 간단히 될까?"

"뭐, 그럴지도 모르지."

"그럼 분신으로 해결이 안 되지 않나?"

"그때는 이 몸이 직접 나서서 집중적으로 괴롭혀주겠어. 참고로 혹시 상대가 열두 살보다 어린 미소년이나 미소녀라면……."

"어쩔 셈인가?"

"……이 몸이 직접 신경 써서 관절기를 걸어줄 거야. 완전히 땀범벅이 되어 서로 끈적끈적해질 정도로…… 집요하게…… 끈끈하게…… 씩씩거리도록! 하하! 선술은 유쾌하Zi!"

"너란 녀석은……."

류카이는 그저 호쾌하게 웃어넘겼다.

"하하! 사소한 일은 신경 쓰지 마! 귀여운 건 정의라GO!"

천진난만하게 웃는, 보기에는 포니테일 미소녀 할아버지를 보며 마린은 생각했다.

　——이제 틀렸어, 이 녀석…… 어서 어떻게든 하지 않으면…….

★

다시 장면을 옮겨, 베스타하 수도.

주지육림의 연회장에서 소란이 일었다.

"무슨 일이 일어난 게냐?"

국왕이 창백한 얼굴로 물었지만, 대답은 돌아오지 않았다.

고요해진 연회장에서 누라리스 상회 부회장이 입을 열었다.

"무슨 자연재해라도 일어난 모양입니다. 얌전히 기사단의 보고를 기다리는 것이 좋을듯싶습니다."

그때 회장의 문을 열고 갑옷 차림의 체격이 우람한 초로의 남자가 들어오더니 왕을 향해 곧장 다가왔다.

"오오, 린칼 기사단장! 드디어 돌아왔군! 대체 무슨 일이 일어난 겐가?"

기사단장이 한쪽 무릎을 꿇고 국왕에게 머리를 숙였다.

"기사단이 산으로 조사하러 가던 도중…… 이번 사태의 원인인 분들과 마주쳤습니다."

"뭐라고? 저게 사람이 한 일이란 말이냐?"

"그렇습니다, 폐하."

국왕은 잠시 침묵하다 기사단장에게 다시 물었다.

"그래서 어떻게 됐느냐?"

"교전을 벌인 결과, 기사단 500명, 모두 생환하긴 하였습니다 만……."

"오오, 압도적인 승리로구나."

그러나 기사단장이 침통한 표정을 지었다.

"그것이…… 사망자는 없습니다만……."

"음?"

그때 기사단장이 눈물을 흘리며 왕에게 마저 보고했다.

"500명 중 저를 제외한 모든 병사가 예외 없이 양 손목과 양 발 목에 골절상을 입었습니다. 그나마 반년 이내에 전원이 전선 복 귀가 가능한 것이 유일한 희소식입니다."

"…………."

"…………."

잠시 두 사람 사이에 침묵이 흘렀다.

국왕은 패닉에 빠진 듯 몇 번이고 입을 뻐끔거렸다.

그러고는 왕이 손바닥을 짝 마주치며 고개를 끄덕였다.

"아아, 그렇군."

"그게…… 무슨 말씀입니까?"

"린칼 기사단장! 자네를 고지식한 인간이라 생각했는데 꽤 재 미있는 사람이었군."

"…………?"

당황한 기사단장의 어깨를 국왕이 손끝으로 쿡쿡 찔렀다.

"농담도 할 줄 알고. 이거 참, 자네가 그런 유머 있는 사람이었다니…… 음. 다음에 우리끼리 술자리라도 어떤가? 실은 나는 너무 융통성이 없는 자네가 거북했네. 사석에서는 만나고 싶지 않을 정도였단 말일세. 하지만 이렇다면 이야기가 다르지. 이 나라의 앞날에 대해 둘이서 의논하지 않겠는가. 하하하."

기사단장이 침통한 얼굴로 고개를 가로저었다.

"폐하……."

"음?"

"……모두 사실을 있는 그대로 보고 드렸을 뿐입니다."

그러자 국왕이 배를 잡고 웃기 시작했다.

"하하하하! 피가 튀는 전장에서 일부러 관절기를 쓰는 바보가 어디에 있단 말이냐? 전투 도중에 무기가 부러졌다면 모를까, 일부러 관절기를 쓰다니…… 처음부터 그럴 생각으로 덤벼들었다는 의미가 되지 않나?"

"말씀하신 대로입니다."

그러자 국왕이 노골적으로 인상을 찡그렸다.

"자네, 농담도 지나치면 재미없다네. 슬슬 정확한 보고를 듣고 싶네만?"

기사단장이 깊은 한숨을 쉬며 품에서 수정 구슬을 꺼냈다.

"이걸 봐주십시오. 영상기억술식이 담긴 수정 구슬입니다. 아까 전투의 결과를 남겨놓았습니다."

기사단장이 내민 수정 구슬을 받고 국왕이 힘없이 웃었다.

"그러니 농담은 이제 됐다고 했네만……."

국왕이 수정 구슬을 바라보자 전장에서 일어난 광경이 떠올랐다.

──천 살이 넘은 분홍색 포니테일 소녀에게 병사들이 무력하게 관절기에 붙잡히는 광경이.

병사 하나에 분신 넷이 달라붙은 관절기 오브제가 499개가 차례차례 만들어졌다.

오른손.

왼손.

오른발.

왼발.

그러자 포니테일 소녀 중 하나가 큰소리로 외쳤다.

"자, 얘들아! 해치워라! 공격하는 기사단원은 나쁜 놈이다! 투항하는 기사단원은 언제 뒤를 노릴지 모르는 잘 훈련된 기사단원이다! 절대 봐주지 마라! 하하! 정말 선술은 난장판이로구NA!"

또독또독또독또독또독또독또독또독또독또독또독또독독또독또독또독또독또독!

뚜둑뚜둑뚜둑뚜둑뚜둑뚜둑뚜둑뚜둑뚜둑뚜둑뚜둑뚜둑뚜둑뚜둑뚜둑뚜둑뚜둑뚜둑!

기사단장을 제외한 499명의 사지가 부러지는 소리가 일제히 울려 퍼졌다.

"이…… 이…… 이게 뭐야─────?!"

기사단장은 침통한 표정으로 입을 열었다.

"기사단은 사실상 전멸입니다. 후유증조차 남지 않도록 깔끔하게 제압당했습니다. 이 이상의 굴욕은 없습니다."

"이게 대체……."

"저희를 적으로 보지도 않았습니다. 철저히 무시당했습니다."

기사단장이 울먹이며 하는 보고에 국왕은 잠시 멍하니 서 있었다.

그러나 곧 기사단장의 뒤에 우뚝 서 있는 두 사람의 존재를 발견했다.

분홍색 포니테일 소녀와 금발 여자아이.

"그런데 기사단장?"

"말씀하시지요, 폐하."

"저 두 사람은 누구인가?"

국왕의 질문에 기사단장이 체념한 듯 그 자리에서 깊은 한숨을 내쉬었다.

"기사단을 전멸시킨 것이 분홍색 머리인 분이고, 산을 민둥산으로 만든 것이 금발인 분입니다."

"뭐, 뭐라?! 기사단장, 무슨 소릴 하는 건가?! 지금 적을 데려왔다고 하는 게냐?!"

"네, 제가 두 분을 안내하였습니다."

"안내라고?!"

오늘 몇 번째인지 모를 침통한 표정으로 기사단장이 입을 열었다.

"기사단은 패배했습니다. 용서해주십시오, 폐하. 저는 깔끔하

게 자결할 것을 선택하지 못했습니다."

"……그게 대체 무슨 말이냐?!"

"괜한 저항은 삼가십시오. 그럼……."

기사단장은 천천히 일어나 류카이와 마린에게 정중하게 인사를 하고 구석으로 물러났다.

그러자 두 사람이 국왕에게 다가갔다.

"네놈들은 대체 누구냐……? 정체가 무엇이냐?!"

아연실색한 국왕에게 류카이가 혀를 차며 노려보았다.

"허, 이 녀석 보소?"

"녀석? 미친 게냐?! 이 몸은 이 나라의 왕이다!"

"당연히 제정신이고말고. 너야말로 미친 거냐? 이 몸에게 먼저 이름도 밝히지 않고…… 이름을 대라니, 무슨 생각이지?"

"……뭣이? ……이게 어찌……."

"애초에 네놈은 이 몸과 대화하려는 자세부터가 안 돼 있단 말이다."

"……?"

"무슨 뜻인지 모르겠나?"

류카이가 스르륵 오른발을 높이 들었다.

"네놈의 태도가 건방지다고 말하고 있는 거다, 이 쓰레기가!"

휙 하고 바람을 가르는 소리와 함께 류카이가 발꿈치로 국왕의 이마를 세게 내리찍었다.

죽지 않을 정도로 힘 조절을 하기는 했지만 대단한 속도였다.

국왕이 발꿈치에 맞아 뒤쪽으로 아름다운 포물선을 그리며 날아갔다.

이어서 류카이가 손가락을 딱 튕겨 두 명의 분신을 만들어냈다.

"무릎을 꿇려라!"

그러자 물건을 다루듯이 류카이의 분신이 국왕을 붙잡아 들었더니 그대로 바닥에 억눌러 무릎을 꿇게 했다. 그리고는 양손과 이마가 바닥에 닿도록 만들었다.

"미안하군. 이 몸은 나쁜 놈을 상대할 땐 이 상태로만 대화하기로 정해놨거든."

왕이 바닥에 머리를 억지로 조아렸다.

"참, 자기소개를 아직 안 했구나. 이 몸의 이름은 류카이."

"나는 마린일세."

그러자 갑자기 왕이 덜덜 떨며 주위를 향해 외쳤다.

어, 어, 어찌 두 분이 이곳에?! 뭐, 뭣들 하느냐! 어서 모두 무릎을 꿇고 머리를 숙여라!"

조금 전까지 주지육림을 즐기던 귀족들이 황급히 머리를 숙이기 시작했다.

"좋아. 이제 좀 마음에 드는군."

류카이와 마린이 만족스럽게 고개를 끄덕이자, 왕이 떨리는 목소리로 말했다.

"어, 어찌 두 분께서 이런 일을……."

"응? 뭐가?"

"인류 최강이라 불리는 분들이…… 어찌 이러시는 겁니까?"

"딱히 최강은 아니지만. 뭐가 문제인데?"

"이건 베스타하와 전쟁을 하겠다는 의미가 된다는 걸 아시지 않습니까?"

"전쟁이라는 표현은 좋아하지 않는데?"

"……네?"

"뭐, 싸움을 걸긴 했지. 그래서?"

"간섭하지 않는 게 규칙이 아니었습니까? 이건 베스타하가 아니라 세계에 싸움을 거신 겁니다. 세계연합을 상대하실 작정입니까?"

"일이 틀어지면 그렇게 될지도 모르지. 아~ 그건 이 몸이라도 귀찮은데. 이 몸이 단독으로 상대할 수 있는 건 기껏해야 대국 세 개나 네 개일 테니."

"알고 계시면서 어찌……? 지금까지 중립을 유지하셨잖습니까."

"세계를 상대로 끊임없이 싸우고 싶지 않으니까 중립을 선언한 거야. 네가 말한 규칙대로, 간섭하지 않는 대신 간섭받지 않는다는 거지."

왕이 목소리를 떨며 말을 이었다.

"이건 세계연합과 전쟁의 씨앗이 될 겁니다! 두 분은 신화 같은 존재입니다. 세상에 알려지는 것조차 피해야 하는 분들이지요. 남들 앞에 나오시는 것만으로 이미 문제가 되는데……."

류카이가 하하 웃었다.

"무슨 소릴 지껄이나 했더니, 이것 참. 단단히 착각하고 있군."

"……착각?"

그때 류카이가 손을 짝 마주쳤다.

"어이쿠, 이제야 미남이 등장하는 모양이네?"

"……예?"

류카이가 고개를 끄덕이며 창밖을 가리켰다.

"사실 이미 끝난 셈인데 말이지. 단체로 괴수가 납신 것 같은데?"

그 말에 창밖을 본 국왕은 경악했다.

유유하게 하늘을 나는 대괴수── 용이 여섯 마리나 날아다니고 있었기 때문이다.

"레드 드래곤…… 블루 드래곤…… 옐로 드래곤…… 그린 드래곤…… 실버 드래곤…… 골드 드래곤…… 심지어 모두 고룡…….."

"조금 늦는 모양이다만, 저기에 신룡황을 포함해서 7대룡이라고 부르지. 고룡은 S랭크 최상위부터 SS랭크, 신룡황은 SSS랭크는 될 거다. 말할 것도 없지만 저들 모두는 이 나라를 노리고 있지."

"두 분에 고룡까지…… 인간과 최후의 전쟁이라도 시작할 생각입니까?"

"대체 뭘 들었냐. 나는 세계의 적이 될 마음이 없다니까? 저기서 날아다니는 용도 그럴 마음은 없을걸? 용족도 인간과 상호 불가침 조약이 있잖아."

"…………?"

그때 지금까지 가만히 있던 마린이 입을 열었다.

"나와 류카이는 정말 권력 관계에 어두워서 말이네. 그리고 녀석이 이 자리에 도착하는 것이 늦어진 것도 이유가 있어."

"이유?"

"물론…… 이번 무력행사에 따른 여러 가지 일로 늦어진 걸세. 안 그런가, 신룡황? 아니, 용왕이여?"

그러자 문이 활짝 열리며 신주쿠 가부키초에서 볼 법한…… 호스트 차림의 남자가 나타났다.

"이거 참, 두 아가씨가 먼저 도착했어? 아무래도 내가 제일 늦은 모양이네."

"하하! 가장 빠르게 움직인 건 너일 텐데? 여전히 뻔뻔한 녀석이네."

국왕의 몸이 핏기를 잃어 흙빛이 되더니 고개를 숙였다.

"용족을 통치하는 신룡황에, 마린 님과 류카이 님까지…… 그렇군."

그 말에 마린이 고개를 갸웃했다.

"음?"

국왕이 공포로 몸을 떨며 대답했다.

"정말 세계를 상대로 싸움을 시작할 모양이로군요. 여러분 세 분이 나서면…… 특히 신룡황이 아인의 나라를 설득하면 그쪽 산하로 들어갈 국가도 많겠지요. 아니, 이렇게까지 대대적으로 움직였다는 것은 이미 동맹이 성사되었다고 생각해야겠군요."

그러자 세 사람이 어이없다는 표정을 지었다.

"저기, 너 말이야?"

"예?"

"마린은 독신이니 차치하고, 류카이는 제자가 꽤 많은 데다 심지어 나는 왕인데?"

"알고 있사옵니다……."

"그런 우리가 대체 왜 전쟁을 해야 하지? 너무 많은 사람이 휘말리잖아?"

그러자 국왕이 아연실색한 표정을 지었다.

"이 나라는 이미 공격을 받은 것이 아닙니까?"

"응, 맞아."

"저희는 여러분을 막아낼 수 없습니다. 그리고 이 나라가 멸망하면…… 여러분은 세계의 적이 되겠지요."

그러자 세 사람이 크게 웃기 시작했다.

"아직도 모르는군. 우리가 너희를 상대로 힘을 과시했고, 도중에 부상자가 나오기도 했지. 하지만 누구 하나 죽이지는 않았어. 적당한 보복 차원이라고 본다만."

"보복? 무슨 말씀입니까? 저희는 한 게 없는데 기사단은 전투 불능에 빠지고 왕국의 영산은 불꽃에 휩싸였습니다. 심지어 나라 전체가 갑자기 나타난 용족에 놀라 공황에 빠져……."

"아무것도 안 했는데 우리가 직접 여기까지 왔겠어?"

"그리 말씀하셔도, 저는 모르는 일입니다. 제가 무슨 이득이 있어서 여러분의 역린을 건드린단 말입니까?"

"허, 참. 싸움을 걸었다는 자각이 없는 거 아냐?"

류카이의 말에 이어 마린도 끼어들었다.

"실제로 싸움을 걸지 않았는가."

"제가 여러분께 말입니까? ……절대 그렇지 않습니다!"

"아니, 걸었다니까? 우리 셋과 어깨를 나란히 할 존재를 네가 건드렸다고."

"예?"

류카이가 무언가를 말하려는 순간, 용왕이 한숨을 쉬며 입을 열었다.

"뭐, 상황을 모르는 것 같으니까 말해주겠는데, 세계연합은 이번 건에 나서지 않기로 했어."

그 말에 국왕이 경악했다.

"베스타하를 모른 척하겠다고……?"

"우리는 진심이야. 최악의 경우에는 세계를 적으로 돌릴 각오도 되어있다고."

"…………?"

용왕이 어깨를 으쓱했다.

"그런 말을 세계연합의 중진이자 나의 친구이기도 한 지브루헤임 신성황제에게 열심히 전했거든."

"……그래서요?"

"눈을 감아주는 것은 이번뿐이라는 대답을 얻었어. 뭐, 우리도 평소에는 중립을 지키고 있으니까. 괜히 우리를 자극해서 정말 세계대전쟁을 일으킬 바에야 소국 하나를 제물로 삼는 편이 싸게 먹힌다는 결론인 거지."

"……그런! 이 나라가 버려졌단 말씀입니까?"

그러자 용왕이 "하하" 하며 순수하고 밝게 웃으며 말했다.

"용왕이 아니어도, 선인이 아니어도, 그냥 우리가 말한 것만으로도 그 정도는 가능해."

"그런…… 말도 안 되는……!"

"아니, 가능해. 즉, 우리는 그런 존재란 말이야. 압도적인 힘이란 건 그런 거야."

국왕은 용왕의 말을 정확히 이해하고, 이번에는 자신의 의지로 바닥에 머리를 조아렸다.

"저희는 세 분께 항복할 것을 선언하겠습니다. 나라를 바치겠으니 관대한 조치를……."

"필요 없어. 땅따먹기가 하고 싶었으면 오래전에 세계를 상대로 싸웠겠지."

그때 마린이 지친 듯 어깨를 으쓱했다.

"어휴, 이제야 본론으로 들어갈 수 있는 겐가. 애초에 우리는 싸움을 걸러 온 것이 아니라, 부탁을 하러 왔을 뿐이거늘."

용왕이 킥킥 웃었다.

"너무 세게 나왔는지도. 잘 들었어, 국왕? 마린의 말대로 우리는 정말 부탁하러 왔거든. 뭐, 거절하면 뒤가 없겠지만."

"……무엇입니까?"

그러자 용왕이 국왕에게 귓속말했다.

"실은…… 이러저러해서."

그 말을 들은 국왕은 눈을 크게 뜨고…… 반쯤 비명처럼 외쳤다.

"……그, 그거면 되는 겁니까?!"

추락한 공주님

"I am a villager, what about it?"
Story by Arata Shiraishi, Illustration by Famy Siraso

──베스타하 수도 누라리스 상회 본부.

창으로 보이는 버섯구름.

상회장실에는 코넬리아의 작은아버지 요제프와 의식을 되찾은 누라리스 상회장이 놀라움을 금치 못하고 있었다.

"사, 사…… 산이 날아갔……다고?"

나는 어이가 없어 어깨를 으쓱했다.

"착각하지 마. 산이 날아간 게 아니야. 정상 부근이 조금 날아가서 그렇지 그냥 불탄 것뿐이잖아. 아무리 그녀라도 저만한 산을 한 번에 날려버리는 무모한 짓은 할 수 없어."

"……류토? 네 친구가 한 일이야?"

"응."

"저게 인간이 할 수 있는 일인가……."

"인간이긴 하지만 인간이라고 할 수 있냐 물어보면, 글쎄……."

그러자 요제프와 상회장이 얼굴을 마주 보며 입을 다물었다.

"…………."

"…………."

"…………."

"…………."

그 모습을 보며 나는 소파에 앉았다.

과연 불법적인 수법으로 돈을 버는 상회답다. 푹신푹신한 최고급 소파라 굉장히 편안하다.

"아무튼……."

나는 요제프에게 턱짓했다.

"메이드에게 커피를 가져오도록 해."

"……커피?"

"그리고 지금 당장 리즈를 잡아간 녀석들에게 명령해. 그 애를 정중하게 대접하며 절대 건드리지 말라고 해. 앞으로 한 시간이나 두 시간이면 여러모로 진전이 있을 거야. 이야기는 그 뒤에 하는 게 좋겠지."

그 말에 상회장이 창백한 얼굴로 입을 열었다.

"그, 그 소녀는…… 수인국의 요청으로 산 채로 데려오기만 하면 된다는 주문을 받아서…… 저기, 성적인…… 학대 금지는…… 없었기에…… 무사할지 어떨지…….'"

순간 나의 머리가 핑 돌았다.

그리고 심장에서 새까만 무언가가 흘러나왔다.

검이 허공을 휙 가르는 소리와 동시에 상회장의 양쪽 귀가 날아갔다.

"으헉…… 아힉!"

"지금 당장! 지금 당장 전갈을 보내!"

나의 명령에 상회장이 바로 방 밖에서 이쪽의 상황을 살피던 고용인에게 절규했다.

"지, 지, 지금, 지금 당장…… 지금 바로 수인과 엘프 사이의 아이를 데려간 자들에게 지시를 내려라! 절대 건드리지 말고 최상급의 예를 다하여 정중하게 모시라고!"

그러나 나는 고개를 가로저으며 상회장을 걸어찼다.

"아흑!"

"아니, 사람을 보내면 늦어! 안내해! 나와 릴리스도 현장으로 함께 갈 테니!"

이어서 나는 요제프를 노려보았다.

"아!"

나는 요제프의 코를 꽉 잡고 열쇠를 열듯이 90도 회전시켰다.

까득 하는 이상한 소리가 울리고, 요제프가 코피를 흘리며 그 자리에 쓰러졌다.

"……그…… 구마…… 구마해……!"

그러나 나는 그의 애원도 듣지 않고 요제프의 배를 발로 찼다.

"끄악!"

"……리즈가 무사하기를 빌기나 해. 만약 내 눈앞에 그런 광경이 펼쳐진다면 넌 죽는 것만으로는 끝나지 않을 거다."

이어서 요제프의 엉덩이를 걷어찼다.

"얼른 달려! 이 새끼야!"

요제프가 달려갔고, 나와 릴리스는 그 뒤를 따라갔다.

방을 나서기 직전 나는 코델리아에게 말을 걸었다.

"코델리아, 상회장의 감시는 너에게 맡길게! 이놈들을 확실히 처리하고 올 테니까 그때까지 절대 놓치지 마!"

★

——시간을 거슬러 올라가 24시간 전.

사이드: 리즈

릴리스 언니의 부탁으로 길드 마스터 아저씨에게 맡겨진 저는 도시에서 벗어난 곳에 있는 고아원에 가게 되었습니다.

길드 마스터 아저씨는 일이 있어서 고아원에서 바로 떠났습니다.

그러나 류토 오빠가 단단히 일러두었는지 길드 마스터 아저씨는 고아원에 실력이 뛰어난 모험가 세 명을 두고 갔습니다.

제 호위라고 합니다.

길드 마스터 아저씨는 "이쪽의 움직임을 훤히 파악하고 있어. 아무래도 첩자가 있는 것 같다"라고 말했습니다.

그렇기에 실력 있는 모험가에게 호위를 맡겼겠지요.

저는 고아원에서 개인실로 안내를 받았고, 호위분들은 문밖에서 불침번을 서주기로 하였으나—— 나도 모르게 메마른 웃음이 나왔습니다.

류토 오빠도 "스킬로 기척을 없앴는데 움직임을 탐지하다니 말도 안 돼"라고 말했습니다.

그것을 떠올리자 다시 메마른 웃음이 나왔습니다.

──상대에게 장소를 전달한 사람은 바로 저입니다.

그분에게 받은 아티팩트는 제 위치를 항상 파악할 수 있도록 만들어졌습니다.

저는 수인과 엘프 부모님 아래 태어난 혼혈입니다만, 사실 수인과 엘프는 늘 전쟁을 벌일 만큼 사이가 나쁩니다.

따라서 저는 그것을 막기 위해 모제스 님과 약속하여 이런 짓을…….

류토 오빠와 릴리스 언니.

그들이 소중하게 보살펴줄 때마다 저는 가슴이 아팠습니다.

어차피 속여야 한다면 차라리 극악무도한 사람이 좋았을 텐데. 왜 그 사람들일까…… 그렇게 매일 생각했습니다.

하지만 오늘로 정말 이런 생활도 끝입니다.

그때 문밖에서 호위들이 쓰러지는 소리가 들렸습니다.

"B랭크 모험가 세 명이라, 불량배에게는 조금 버겁겠군요."

문을 열고 안으로 들어온 사람은 안경을 낀 마법사였습니다.

"……모제스 님?"

"하하, 오랜만이군요, 리즈 양."

저는 온화한 미소를 짓는 모제스 님에게 물었습니다.

"이것으로 끝난 거죠?"

"그럼요."

모제스 님이 작게 고개를 끄덕였습니다.

"류토 씨를 감시해 주어서 감사합니다. 덕분에 이쪽도 도움이 되었습니다."

"……정말, 정말로 이제 끝난 건가요?"

"네, 끝입니다. 어차피 당신도 개척지에 들어가면 이렇다 할 정보도 더 들어오지 않았을 테니."

"그럼 약속대로?"

"네, 약속은 지키겠습니다. 모두 행복해질 거예요."

"모제스 님은 수인국의 신입니다. 당신의 말이라면…… 엘프국과도 다들 사이좋게 지내겠지요……."

"약속은 지킨다니까요. 그나저나 저주로 죽어가던 당신이 이 정도로 도움이 될 줄은 몰랐군요."

그날, 그때, 저는 수인의 나라에서 쫓겨났고, 모두가 죽고.

히미즈 언니도 죽었고.

——왜 다들 사이좋게 지낼 수 없을까.

몽롱해진 의식 속에서 모제스 님이…….

"다행이야. 이것으로 다들 슬픔을 겪지 않아도 되겠네요."

"네, 그렇습니다. 예정대로 그 골목에 버려진 당신은 착한 사람과 만날 수 있었죠."

"하지만 조금 마음이 아파요. 둘 다 저에게 잘해주었는데…… 두 사람의 일을 모조리 모제스 님에게 전달하고…… 왠지 나쁜 짓을 하는 것 같아서."

"하하, 죄책감을 느끼지 않아도 됩니다. 아마 류토 군은 이 세계의 적이 될 사람이니까요."

세계의 적이라는 말이 무슨 뜻인지 잘 이해가 되지 않습니다.

류토 오빠의 다정한 미소와 세계의 적이라는 말은…… 너무 동떨어져 있어서 도저히 머릿속에서 의미가 연결되지 않습니다.

"아, 당신과는 상관없는 일이니 깊이 생각할 필요도 없다고요?"

"……그럼 저는 이대로 돌아가 아버지, 어머니와 행복하게 살 수 있을까요?"

그러자 모제스 님이 떨떠름한 표정을 지었습니다.

"아니, 그건 안 됩니다."

"왜 그렇죠?"

"저는 약속을 지키지 않으면 안 됩니다. 수인과 엘프의 나라가 행복해지는 것. 그것이 약속입니다. 그렇다면 그 약속을 완수하는 데 필요한 일이 무엇일까요?"

"다들 싸움을 멈추는 일이라고 생각해요."

"그렇습니다. 그러나 저 척박한 토지에서는 두 종족이 충분히 먹고살 수가 없습니다. 그렇다면 어떻게 해야 할까요."

"…………."

"제노사이드밖에 없습니다. 수인이 엘프를 철저히 학대하여 마지막에는 엘프를 멸종시키는 겁니다."

"……네?"

"그러기 위해서는 왕인 당신의 할아버님이 추구하는 정책을 철저하게 실행해야 합니다. 좁은 토지에 두 개의 종족이 존재하는 것 자체가 싸움의 근원이니까요."

"무슨…… 말인지……?"

그러자 유감이라는 듯 모제스 님이 어깨를 으쓱했습니다.

"안타깝지만 약속을 지키기 위해 저는 당신을 죽여야 합니다."

"저를 속였다는…… 말인가요?"

"다수의 행복이라는 겁니다. 모두가 행복하게 된다는 것은 그런 것입니다. 이 별이 놓여 있는 상황도 비슷한 느낌입니다만, 어른의 세계란 복잡하다고요?"

"이럴……수가……."

"그럼 당신을 수인국에 넘기겠습니다. 언제일지는 모릅니다만, 아마 처형되겠지요. 당신의 존재 그 자체가 다수의 행복에는 방해가 되니까요."

모제스 님…… 아니, 모제스가 오른손 손가락을 딱 튕겼습니다.

엘프의 수면 마법에 비슷한 것이 있었는데…… 그런 생각을 하는 사이 의식이 스르륵 멀어졌습니다.

"아, 마지막으로 재미있는 일을 알려드리죠. 당신의 섣부른 행동으로 위치가 드러나 키우던 개도 죽었다는 모양입니다. 이거 참, 순진무구한 정의감과 사명감에 감탄했습니다."

오르토가…… 죽었다고?

어째서 그런 일이?

아니, 그것은…… 류토 오빠에게 고민을 털어놓지 않고, 모제스를 믿은 나 때문에…….

점점 눈꺼풀이 무거워지고, 머릿속이 흐릿해져서──.

"정말…… 그동안 뭘 한 걸까…… 나……."

나는 그대로 잠이 들고 말았습니다.

사이드: 류토=맥클레인

"네, 네놈들은 누구……?! 푸헉!"

나의 발차기에 남자가 걸레처럼 날아갔다.

그대로 우리는 달리는 속도를 늦추지 않고 더욱 안쪽으로 나아갔다.

이곳은 누라리스 상회의 본부의 대창고다.

아니, 조금 다른가. 커다란 창고라기보다는…… 창고들이 몰려 있는 느낌인가?

가로세로로 나뉜 구역에 크고 작은 수많은 창고가 줄줄이 늘어서 있다.

이곳은 교역 루트의 중계지점으로, 모여든 상품을 분류하여 다시 상, 하차 작업을 하는 일종의 물류 허브다.

그리고 이번에 수인국으로 출하될 리즈의 일시적 보관 장소…… 이기도 했다.

상품 중에는 노예도 있으므로 손발을 묶는 족쇄며 감옥, 얌전하게 만들기 위한 고문 기구도 있으니 리즈의 보관 장소로 더할 나위 없을 것이다.

노예는 대체로 성노예를 생각하면 된다. 당연히 출하하기 전에 시험해보는 시설도 있겠지.

리즈를 납치할 때 수인국에서 나온 주문은 리즈의 생존뿐이었다. 목숨만 붙어있으면 뭘 해도 된다는 이야기다.

……실소조차 나오지 않았다.

나는 자꾸만 빨라지려는 다리를 억눌렀다. 나 혼자 뛰어가 봐야 길잡이가 따라오질 못한다.

결국, 답답한 기분과 초조함만 커질 뿐이었다.

"아니, 뭐야 너희들…… 흐극!"

내가 가는 곳을 막는 거한을 때려눕혔다. 거한 역시 걸레처럼 날아갔다.

"저기, 류토 씨? 제가 있으니 때릴 필요는 없지 않습니까? 제가 말하면 바로 보내줄 터인데……."

"말보다 때리는 게 빠르잖아. 일분일초가 급하다고."

"그렇게 막무가내로…… 폭력…… 폭력적이야……!"

"먼저 시비를 건 쪽은 너희잖아. 이쪽은 동생이 납치되고 덤으로 애완동물까지 잃었다고!"

그러자 릴리스가 입을 열었다.

"……모두 죽이지 않는 것에 감사해줬으면 좋겠는데."

그때 요제프가 발을 멈췄다.

"왜 그래?"

"도착……했습니다."

그가 가리킨 곳은 낡은 목조 창고였다.

자세히 보니 성노예의 보관 장소라는 표기도 있다. 정말 기분 나쁜 곳이다.

릴리스와 나는 얼굴을 마주 보았다.

"릴리스, 리즈에게 무슨 일이 있어도 갑자기 날뛰진 마."

릴리스가 고개를 끄덕였다.

"……리즈가 더럽혀졌다면 금색 포효로 이 창고를 흔적도 없이 단숨에 날려버리겠어."

릴리스의 말에 나도 동의했다.

"응, 그거면 돼. 다만 그 이상은 안 돼. 일반인을 끌어들이는 것만은 용납할 수 없어."

"……노력할게."

다만, 색적 스킬로 살펴본 바로는 이 근처에 있는 사람은 봐주지 않아도 될 것 같다.

겉으로는 교역의 중계지점이라고 했지만, 상품이 멀쩡한 게 없다.

맨드레이크 같은 마약부터 불법 성노예까지.

창고가 한둘이 아니니 여기 종업원은 모두 알고도 일하고 있을 것이다.

"이 창고를 날린다니, 그런 게 가능할 리가……."

창고 용지는 세로로 약 1km, 가로로 약 800m 정도.

그 규모를 모두 날려버린다고 하고 있으니 요제프로서는 너무 믿기지 않는 말이라 입을 뻐끔거리고 있었다.

"리즈가 무사히 있기나 기도해."

★

창고 문을 박차고 들어가자 감옥이 눈에 들어왔다.

감옥 안에는 대부분 아인의 아이들이 있었고, 모두 죽은 물고기 같은 눈을 하고 있었다.

감옥 안에는 애완동물용 사료를 담는 그릇 같은 것이 두 개.

하나가 식사용이고, 다른 하나가 배변용인 듯하다.

"너무 심한데……."

용변 냄새로 가득한 창고 안에는 온통 끔찍한 광경이 펼쳐져 있었다.

구토감마저 이는 악의에 릴리스의 얼굴이 점차 화난 표정으로 바뀌었다.

그때 감옥 안에 있던 한 수인 소녀가 이쪽으로 시선을 보냈다.

소녀는 "채찍으로는 때리지 마세요!"라고 비명을 지르고는 그 자리에서 몸을 웅크리고 얼굴을 감싸는 자세를 취했다.

그 뒤에는 그저 덜덜 떨기만 했다.

"그렇게 무서워하지 않아도 돼."

내가 다가가려고 하자 "꺄아아아!" 하고 소녀가 다시 비명을 질렀다.

"나를 보고도 겁을 먹었어. 아니, 남자가 무서운 것 같아."

릴리스의 화난 얼굴이 분노라고 말해도 될 형상으로 변했다.

"……그래. 과연 노예 관리 창고. 최악의 기분이야."

릴리스의 말에 나도 동의했다.

아무래도 이곳에 있는 열~열세 살쯤 된 아이들은 전혀 웃지 못할 대접을 받은 모양이다.

"……나도 원래는 성노예가 될 예정이었어. 이곳에 있는 아이들과…… 정말 아무것도 다르지 않아. 나는 팔리기 전에 아버지에게 구해졌고, 그리고—— 류토와 만났어. 정말로 차이는 단지 그것뿐."

"그래, 맞아."

"저기, 류토? 나중에 여기에 있는 사람들을 풀어줄래. 괜찮지?"

"언뜻 보아도 수십 명은 될 것 같은데. 풀어주는 건 나도 찬성이다만, 받아줄 곳이 어떻게 되려나. 그 부분은 아는 사람에게 여러모로 부탁해보자. 일단 그건 차치하고……."

나는 요제프의 코를 잡아떼어낼 기세로 당겼다.

"아!"

"갸악! 떠, 떠, 떨어지…… 떨어지겠습니다! 그만…… 그만하십시오!"

"너 말이야? 네놈은 이 아이들이 싫다고 거부하는 말을 한 번이라도 들어준 적 있어?"

허벅지를 살짝 걷어찼다.

요제프가 고통으로 인상을 쓰며 그 자리에 쓰러졌다.

"커헉……!"

"리즈는 어디 있지?"

요제프가 창고 안쪽의 작은 방을 가리켰다.

사이드: 리즈

──지금 저는 감옥 안에 있습니다.

저의 이름은 리즈=매그니스.

엘프와 수인 사이에서 태어났습니다.

어머니는 엘프 나라의 왕이셨습니다.

엘프국은 수인국과의 전쟁에 패배해 크게 유린당했다고 합니다.

전쟁에서 지면 보물, 토지, 가옥, 논밭은 말할 것도 없고, 그곳에 사는 사람이며 초목 하나까지 승전국의 소유물이 됩니다.

엘프는 아름다운 사람들이 많기에 여자들은 전리품으로 장교들에게 배급됩니다.

노예로 팔아도 좋고, 애완동물로 키워도 좋은 그런 참혹한 취급을 받습니다.

──그리고 그것은 엘프의 황녀도 예외는 아니었습니다.

수인의 왕실에서 어머니는 장난감 취급을 당하셨습니다.

하지만 거기서 예상치 못한 일이 일어나고 말았죠.

수인국의 제2 왕자…… 저의 아버지가 진심으로 어머니에게 반하고 만 것입니다.

아버지는 정실도, 첩도 들이지 않았습니다.

그 탓에 동성애자라는 의혹도 샀을 정도였지요.

어쨌든 패국의 왕이자 실컷 유린당한 어머니를 본처로 삼기에는 대외적으로 힘든 일이었습니다.

결과적으로 어머니는 아버지의 첩으로 들어가게 되었습니다.

어머니는 본래 모든 것에 절망하고 살아갈 기력도 없이 공허하게 지냈다고 합니다.

그러나 아버지가 진심이라는 것을 깨닫고 나서 서서히 마음을 열게 되었습니다.

사실 수인과 엘프 사이에서 아이가 생기는 것은 무척 드문 일입니다.

그러나 사태가 복잡해졌습니다.

즉, 두 사람의 사이가 좋은 나머지…… 진정한 사랑을 이룬 덕분인가 어느새 딸이 태어난 것입니다.

──그것이 저입니다.

현재 제가 태어난 수인국에는 완전한 계급사회가 적용되어 있습니다.

수인 귀족, 수인 군인, 수인 평민, 인간이나 아인, 수인 전과자, 그리고 최하층에 엘프가 놓여 있습니다.

그런데 제2 왕자의 유일한 아이가 엘프의 혼혈이었으니…… 정치적으로는 심각한 문제였습니다.

국왕의 장남에게 아이가 없는 상황이라면 더욱 그렇습니다.

아니, 사활이 걸린 문제입니다.

오히려 현재…… 자칫하면 왕위 계승권이 저에게 굴러들어올 가능성마저 있습니다.

그런 이유로 할아버님을 비롯해 왕실에서는 저를 제거하려고 움직이기 시작했습니다.

어머니는 석 달 전에 제 식사에 섞여 있던 독을 대신 먹고 뇌 신경에 문제가 생겨 한쪽 다리가 마비되고 말았습니다.

적대 세력을 저지하는 아버지의 힘에도 한계가 있고, 최근에는 드디어 상대방도 수단을 가리지 않게 되었습니다.

그리고 저를 지켜내지 못하겠다고 판단한 아버지는 어릴 때부터 돌봐주던 로열 가드 몇 명과 함께 저를 이 도시로 피난시켰습니다.

그러나 수인국은 이 도시의 상회에도 이미 손을 뻗치고 있어서…… 히미즈 언니를 비롯한 로열 가드들은 죽고 말았습니다.

그리고 수인국에서 신처럼 모시는 모제스 님과 만나 모두 친하게 지내게 해달라는 소원을 빌었고──.

"……이것은 천벌일지도 모르겠네요."

지금은 개처럼 목줄을 차고…… 얌전히 감옥 안에 있습니다.

류토 오빠와 모제스 님.

믿어야 할 상대를 믿지 않고, 저에게 친절하게 대해준 사람을 배신한 결과가 이것이라면…… 뭐, 어쩔 수 없습니다.

마치 잘 짜인 각본 같아서…… 저도 모르게 허탈한 웃음이 새어 나왔습니다.

감옥의 크기는 높이가 2m, 가로세로는 각각 3m쯤 될까요.

그리고 지금 감옥 안에는 저를 포함하여 세 사람이 있습니다.

한 사람은 저를 더럽히러 온 이 창고의 종업원입니다.

참고로 창고의 종업원은 저의 위에 올라타기 전에 목이 베여 바닥에 쓰러졌습니다.

종업원을 죽인 사람은 제 눈앞에 서 있는 남자입니다.

이 사람은 저를 죽이러 온 암살자라고 합니다.

"상회에는 저를 산 채로 잡아 오라고 지시하지 않았던가요?"

그러자 암살자는 검게 칠한 나이프를 들고 히죽 웃었습니다.

"그건 저희가 직접 처리하기 위해서 그런 겁니다. 공주님."

암살자가 천천히 저에게 다가왔습니다.

아까 종업원을 죽일 때의 움직임을 보아 이 남자는 B랭크 상위쯤 될 것 같습니다.

지금 제가 저항해도 전혀 소용이 없을 것입니다.

──이것이 숙명……입니까.

저는 금기의 아이입니다.

태어나서는…… 안 되었습니다.

아버지와 어머니 이외의 누구에게도 축복받지 못하고, 숨어 지내다가 결국 목숨까지 위태로워지고…….

로열 가드 언니들도 저 때문에 죽고 말았고…… 게다가 오르토도…….

"저는 살아서는 안 될 존재로군요."

"그렇습니다. 당신 하나 때문에 여러 사람이 불행해지니까요."

이 사람의 말이 옳습니다.

이미 저는 저와 엮인 사람을 모두 불행하게 만들었습니다.

분함과 한심함, 슬픔 등 무어라 말할 수 없는 감정이 가슴속에 휘몰아쳤습니다.

암살자가 저에게 한 걸음 더 다가왔습니다.

무기가 닿을 거리로 들어와 남자가 나이프를 쳐들었습니다.

"그럼 이것으로 끝입니다. 공주님."

이것으로 끝인가.

아니, 오히려 여기서 끝나버렸다고 말해야 할 것이다.

이 이상 저 때문에 누군가를 불행하게 만들고 싶지 않습니다.

그때——.

"끝나는 건 너다!"

소리가…… 뒤에서 났습니다.

먼저 암살자의 머리가 날아가고, 그 뒤에 맹렬한 소리와 질풍이 휘몰아쳤습니다.

마지막으로 익숙한 얼굴의 오빠가…… 나의 눈앞까지 걸어왔습니다.

"리즈."

"왜…… 그러죠?"

말을 끝내기 전에 뺨을 맞았습니다.

'짝' 하고 메마른 소리와 함께 슬픈 표정을 한 오빠가 이렇게 말했습니다.

"살아 있으면 안 된다느니, 그딴 소린 두 번 다시 하지 마. 다음에 또 그런 말을 하면…… 주먹으로 때릴 거니까."

그 말에 저의 마음에 빛이 비쳤습니다.

"살아도 돼. 당연한 소리를 두 번 다시 말하게 하지 마."

그러며 류토 오빠는 저를 힘차게 끌어안았습니다.

사이드: 류토=맥클레인

"리즈? 무사한 거지?"

"네. 괜찮아요. 류토 오빠가 구해줬으니까요."

"……정말 아무 일도 없는 거지?"

릴리스가 리즈의 머리부터 발끝까지 주의 깊게 살피며 물었다.

"괜찮아요. 릴리스 언니. 다행히 아무 일도 당하지 않았어요."

그러자 릴리스가 작게 고개를 끄덕였다. 보기에는 정말 끔찍한 일을 당한 흔적이 없다.

"……다행이야."

릴리스가 안도하는 한숨을 내쉬며 리즈의 볼에 자신의 볼을 비볐다.

정말 릴리스는 리즈를 좋아하는구나.

솔직히 나도 어깨의 힘이 빠졌다.

혹시 리즈에게 무슨 일이 있었다면 우리도 날뛰었을지도 모른다.

그날에는 세계를 적으로 돌리고 말았겠지. 큰일로 번지지 않아 정말 다행이다.

"그런데 리즈? 슬슬 너의 정체를 가르쳐주지 않겠어?"

"이 이상 저와 더 엮이지 않는 게……."

"그럴 생각이었다면 소동에 휘말릴 것을 알면서 이런 곳까지 안 와."

나의 말에 리즈가 체념한 듯 한숨을 내쉬었다.

"하지만 오르토도 저 때문에……."

"무슨 말이야? 어떻게 오르토가 그렇게 된 건 리즈는 잡혀간 뒤 잖아?"

그러자 리즈가 각오한 듯이 표정을 굳혔다.

"……알겠습니다. 진실을 말씀드리죠. 그러면 아무리 좋은 사람이더라도…… 분명 손을 뗄 테니까요."

그렇게――.

리즈는 자신의 이야기를 우리에게 말하기 시작했다.

시간으로는 몇 분 정도의 일이었으나, 끝날 즈음이 되자 릴리스의 표정이 완전히 무표정이 되었다.

——아아, 이거 완전히 화가 끝까지 났구나.

오랜 시간 알고 지냈기에 알지만, 이렇게 된 릴리스는 나도 막을 수가 없다.

나도 마음에 뜨거운 분노가 일렁이는 것을 느꼈다.

정말 이럴 수가 있나.

게다가 여기서도 모제스가 얽혀 있다니…….

"그래서 저는…… 끊임없이 도망칠 수밖에 없습니다. 누군가에게 의지해서는 안 됩니다. 저는 주위에…… 죽음과 소란을 불러올 뿐인 사신이니까요. 살아서는 안 된다는 말은 이제 하지 않겠습니다. 하지만 저는 누군가와 함께 있어서는 안 됩니다."

그렇게 일동은 침묵했다.

전원이 입을 다물고 있기를 몇 분, 릴리스가 창백한 분노의 불꽃을 내며 입을 열었다.

"……그럼 어떻게 할 거야, 류토?"

"뭘?"

"……뒤처리."

나는 턱에 손을 대고 잠시 생각했다.

리즈의 상황만으로도 내버려 둘 수가 없는데 모제스까지 얽혀 있다.

그렇다면 이것은 내가 해결해야 할 일이다.

"그래. 이런 건 뿌리부터 뽑아내지 않으면 안 되겠지?"

"……뿌리부터?"

"쳐들어가야지. 두 번 다시 리즈를 위협하지 못하도록…… 류토=맥클레인이라는 파괴의 화신을 수인 왕족의 머리에 똑똑히 새겨줘야겠어."

릴리스가 고개를 끄덕였다.

"……단순해서 매우 좋네."

나와 릴리스 사이에 방침이 결정되자── 리즈가 경악한 얼굴로 나에게 물었다.

"네?! 쳐들어간다고요? 나라에? 상대는 국가인데요? 아무리 오빠와 언니가 강하더라도……."

"……저기, 리즈? 넌 누구에게 그런 말을 하는 거야?"

진지한 얼굴로 묻는 릴리스. 그리고 역시 진지한 얼굴의 리즈. 그 말에 나는 쓴웃음만 지었다.

"네? 저기…… 진짜 무슨 말이에요?"

"……수인의 소국 하나쯤 아무것도 아니라는 말이야."

나는 한 번 호흡하고 릴리스의 말에 크게 동의했다.

"바로 그 뜻이야."

"진심으로 말하는 모양이네요…… 저기…… 오빠는…… 대체……?"

나는 잠깐 침묵한 뒤 크게 숨을 들이마시고 이렇게 말했다.

"──나는 세계 최강의 마을사람이야."

★

장면이 바뀌어 베스타하 왕국 수도.

외모는 호스트인 용왕.

인류 최강이라 불리는 여장 남자 선인: 류카이.

핵을 쓰는 로리 할멈, 마계의 금술사: 마린.

세 사람에게 둘러싸인 왕은 당혹스러운 표정을 짓고 있었다.

"아니…… 단지…… 요구는 단지 그것뿐이란 말씀입니까?!"

일동이 크게 고개를 끄덕였다.

"베스타하왕은 류토=맥클레인 및 그 관계자에게 간섭하지 않을 것…… 단지 그것뿐이야."

"그는 누라리스 상회와 얽힌 평범한 마을사람 아닙니까? 단지 그것만을 요구하기 위해 여러분 세 분이 움직였다는 말입니까?"

그러자 류카이가 어깨를 떨며 킥킥 웃었다.

"평범한 마을사람이라……. 무지한 것이 가장 무섭네."

용왕도 그 말에 피식 웃었다.

"정말 그렇군."

"그런데 류카이, 녀석은 과연 앞으로 어떻게 할 생각일까?"

"이 이상은 우리도 잔챙이를 상대로는 움직일 수 없어. 정말 더 나아가면 놀이로 끝낼 수 없게 되니까. 전 세계를 상대하려면 류토를 더하더라도…… 약간 힘들겠지."

"네놈의 앞으로 예정 따위는 아무도 안 물었어. 그게 아니라 류토 말일세. 녀석이 앞으로 어떻게 하려는 것인지…… 궁금하지 않은가?"

"응? 이걸로 끝난 거 아냐?"

"다른 환생자들과 관련된 일 말일세. 내가 키우는 그랜드 길드 마스터가 말하기를 이번에도 그 망할 안경이 얽혀 있다더군."

"아, 그래? 그럼 이번에도 또 귀신 때처럼 장외 난투를 벌이는 거 아냐?"

그러자 용왕이 어깨를 으쓱했다.

"망할 안경과 류토입니까. 원탁회의와 우리…… 둘 다 서로의 세력에 아슬아슬하게 속하는 듯하며 속하지 않는…… 역시 아슬아슬한 라인에서 장외 난투를 벌이겠군요."

"앞으로 이 별에서 일어날 일. 미래를 개척할 젊은 세대의 전초전…… 이 아닐까."

그 말에 감탄한 듯 류카이가 손을 마주쳤다.

"그래, 맞아. 이 별이 놓인 이 상황, 앞으로 그 녀석이 무엇을 생각하고 무엇을 할지…… 당분간 재미있게 구경해보지 않겠어?"

★

같은 날, 같은 시각.

누라리스 상회 본부에서는 류토와 릴리스에게 해방된 상회장과 코델리아의 작은아버지가 의기소침해하고 있었다.

귀를 베이고, 맞아서 코뼈가 부러지고…… 둘 다 엉망진창이 되었다.

"어째서…… 어째서 이런 일이…….."

"역병신…… 그 마을사람은…… 역병신이야…….."

그때 상회장이 무언가를 깨달은 듯 "헉" 하고 숨을 들이켰다.

"역병신을 불러일으킨 건 너 아니냐?"

"네? 회장님, 무슨 말씀입니까?"

"내가 애완동물은 그냥 놔두라고 하지 않았나! 그 정도 시간은 기다려도 괜찮다고…… 그렇게 말하지 않았나!"

"아니, 회장님도 최종적으로는 승낙하셨잖아요?"

"아니, 내가 분명 말했잖나. 너무 지나쳐도 좋지 않다고. 괜한 원한을 사서는 안 된다고 하지 않았나."

"도, 도, 도, 도마뱀의 꼬리를 자르시는 겁니까?! 확실히 그렇게 말씀하셨습니다만, 제가 조금 강하게 주장하자 '뭐, 어차피 마을사람이 상대이니…… 마음대로 해도?'라는 식으로 말씀하시지 않았습니까! 이렇게 나오시면 안 되죠!"

"상대가 산을 날려버리는 괴물들이라면 이야기가 다르지! 좀 더 제대로 조사했어야 할 게 아닌가, 이 무능한 놈!"

"아니, 아니, 당신이 어차피 마을사람이라며 조사비용도 제대로 안 줬잖아요!"

"당신이라고? 감히 누구에게 그런 말을!"

그때 상회장의 방을 노크하는 소리가 울려 퍼졌다.

"베스타하…… 국왕 폐하께서 보낸 편지입니다."

"이제야 왔는가!"

도시에서 당당하게 대상회로 쳐들어와 막무가내로 무력을 행사한 사건이다.

이런 폭력사태를 처리하기 위해 누라리스 상회는 베스타하왕에게 막대한 헌금을 바쳐왔다.

"어서 편지를 보여주지 않겠느냐!"

상회장은 사자를 불러 빼앗듯이 편지를 받아들었다.

그리고 내용을 읽고——.

——경악했다.

"회장님? 왜 그러십니까?"

요제프가 조심스럽게 묻자 상회장이 고개를 가로저었다.

"폐하께서…… 상회를 48시간 이내에 해산하지 않는 경우 국가권력으로 제압하겠다고 한다."

"네?! 이해가 안 갑니다! 이유는요?"

"너희와는 결코 얽히고 싶지 않다는 말이지."

"상회 전체가…… 꼬리 자르기를? 마을사람…… 이것도 마을사람이 벌인 일……?"

두 사람은 동시에 테이블에 엎어졌다.

"이제 다 끝났어…… 끝났다고…….'

그러자 사자가 또 한 통의 편지를 품에서 꺼냈다.

"실은 편지 한 통이 더 있어서…….'"

"전달사항이 또 있다고? 대체 무엇이란 말이냐?"

상회장이 편지를 받아 글을 읽기 시작했다.

그는 한동안 편지를 바라보더니 요제프에게 그대로 건네주었다.

"저기, 뭐냐……. 너도 큰일이구나."

"큰일이라니요?"

"편지를 보면 알아."

그렇게 요제프는 편지를 받아 읽었으나, 곧 절망하는 표정으로 바뀌었다.

"……죄상?"

"지금까지의 인생에서 네가 저지른 온갖 죄상이라는데."

"말도 안 돼……! 이것들은 대부분 뇌물로 무마시켰을 터……!"

"무마시켰다고 해도 어딘가에 기록이 남아 있었겠지. 그리고 지금, 그 모든 자료를 현재 용왕이 갖고 있다는 거다."

"용? 그러고 보니 류토는 옛날에…… 용에게 잡혀갔다고 했는 데……."

"제길, 관계자였겠지. 그렇게 생각하면 산을 날려버린 것도 납 득이 가는군. 아무튼 정중하게도 죄상까지 첨부해서 너의 신병을 용의 마을로 넘기라는 요청이 왔다는 거다. 어차피 제대로 된 인 간도 아니니 반대할 이유도 없겠지……."

"……설마?"

"그래, 용족의 미학은 독특해. 긍지 높은 무인이라면 설령 포로 라도 예의를 지키지만, 비열한 약자라면 벌레만도 못한 취급을 하지. 보복이 목적이라면 더욱 그렇고. 이렇게까지 문제를 일으킨 널…… 용족은 노예로도 다루지 않을 거야."

"…………."

"하루라도 빨리 죽기를 기도해라. 고통으로 일 초라도 빨리 편해지기를 바라는 그런 생활이 기다리고 있을 거야."

"아……."

그 말에 몇 시간 뒤 인간으로 변한 젊은 용이 신병을 인도하러 올 때까지—— 요제프는 그저 그 자리에서 몸을 떠는 것밖에 하지 못했다.

——결국 끌려갈 때가 돼서 체면도 잊고 울부짖으며 자비를 구했지만, 누구도 그 말에 귀를 기울이지 않았다고 한다.

★

라쿤 왕국 수도, 알베르왕은 옥좌에 앉아 턱에 손을 대고 측근인 노병에게 물었다.

"할아범? 역전의 노병의 의견을 듣고 싶네만?"

"……이번만큼은 저도 어쩔 도리가 없습니다."

그러자 알베르왕이 피식 웃었다.

"그렇겠지."

"뒤에는 호랑이, 앞에는 늑대……라 할까요. 도시국가 연맹의 갑작스러운 선전포고와 수인국에서 보낸 천 명의 정예병…… 어느 한쪽만이라면 대처할 수 있겠지만요."

"협공이라면 방도가 없지. 지금 가진 카드로는 어떻게 할 수가 없어. 그나저나 이해가 안 되는군. 도시국가는 우리의 입김이 닿는 자들도 많이 있는데 어쩌다 이렇게 됐지? 전쟁을 피하고 시간을 들여서 흡수하려고 했건만."

"정말 갑작스러운 선전포고니까요."

"그리고 기다렸다는 듯이 움직이는 수인들도 그래."

"아마 우연이 아니라…… 실제로 노린 걸 겁니다."

그 말에 알베르왕이 옥좌에서 일어섰다.

"전하? 어디로 가십니까?"

"할 수 없지. 왕성을 포기한다."

"무슨 말씀입니까?"

"성을 비우고 전군을 이끌어 도시국가 연맹으로 향하겠다. 한쪽이랑 싸우면 이길 수는 있을 테니."

"각개격파를 하실 생각입니까? 그럼 다음에는 왕성 탈환전이 기다리고 있겠군요."

"음. 빠르고 깔끔하게 도시국가 연맹을 쓰러트리고, 다시 왕성을 공격해야겠지."

그러자 노병이 고개를 가로저었다.

"그 첫 전투가 빠르고 깔끔하게 될지부터가 조금 의심스럽습니다만."

"말했잖나. 어쩔 수 없는 일이다."

그러자 노병이 무언가를 떠올린 듯 손을 마주쳤다.

"전하? 그 마을사람에게 조력을 구하는…… 것은 어떻습니까?"

알베르왕은 그의 제안에 단호하게 대답했다.

"류토는 오지 않을 거다."

"하지만 우호적인 관계를 쌓아오지 않았습니까?"

"나도 들은 이야기가 있어서 말이다. 환생자에 원탁회의…….
류카이도 나를 돕지 않을 거다. 그는 무대에 올라서는 안 될……
그런 존재인 모양이니."

"무대에 오르면 안 된다고요?"

"아무튼 류토는 안 온다. 이 이상 그를 의지하지 마라."

그러자 노병이 잠시 무언가를 생각하고 각오를 다진 듯 작게 고
개를 끄덕였다.

"그렇다면…… 이판사판입니까."

"실패하여 쓰러지고, 쓰러질 때는 앞으로 넘어진다. 하하, 그
또한 나답지 않나. 지더라도 최소한 멋있게 지는 거다."

그때―― 밖에서 문을 두드리는 소리가 났다.

"들어오라."

알베르왕의 말에 로열 가드의 대장이 옥좌로 다가왔다.

그가 귓속말하자 알베르왕은 "오오" 하고 숨을 들이켰다.

"물론 알현을 허가하마. 지금 당장 들라 하라."

로열 가드가 퇴실하자마자 노병이 물었다.

"……전하? 무슨 일입니까?"

"정말 오지랖이 넓은 마을사람이군."

"오지 않는다고 하지 않았습니까?"

"그는 없다. 다만 대신할 사람을 보내줬지."

그때 다시 문이 열렸다.

들어온 사람은 푸른색 갑옷을 입은, 불타오르는 듯한 빨간 머리의 버서커였다.

"설마?"

"류토는 움직일 수 없다만, 용사라면 이야기가 다르지."

버서커가 고개를 끄덕였다.

"저라면 가능합니다."

"코델리아=올스톤……."

코델리아와 알베르왕은 잠시 서로 마주 보았다.

서로 탐색하듯이 바라보던 두 사람은 같은 생각을 했는지 동시에 미소를 지으며── 만족스럽게 고개를 끄덕였다.

"그런데 용사여, 그대는 아직 소속이 정해지지 않았을 터…… 전쟁에 끼어들어도 괜찮은 건가?"

코델리아가 고개를 가로저었다.

"요는 전쟁에 나가지 않기만 하면 되는 이야기지요. 마물 토벌 의뢰를 받아 움직이던 차에, 갑자기 수인들의 기습을 받아 어쩔 수 없이 교전하게 되었다. 이거면 됩니다."

"일단 앞뒤는 맞는군. 그러나 다소 억지스러운 느낌인데."

"근 10년간 수인국이 이상해진 것은 잘 알려진 사실입니다. 그들은 엘프를 처참할 만큼 학대하고 있지요."

"음. 무슨 수단을 썼는지 힘이 강해진 대신, 성격도 더 흉포해졌다더군."

"네, 수인국은 인간과 교류를 하지 않기에 내부 사정을 다 파악할 순 없습니다만, 그렇기에 오히려 변명이 통할 겁니다."

"……하지만 그래도 너무 억지스럽지 않은가."

그러자 코델리아가 자조하였다.

"폐하, 제 별명을 아시는지요?"

그 말에 왕이 크게 웃었다.

"과연, 더 나빠질 것도 없다는 건가?"

"예. 일단 앞뒤만 맞는다면 뒤는 어떻게든 되겠지요."

"그래, 알겠다. 다만, 그렇게 둘러대도 네 상황은 크게 변하지 않을 거다. 수인을 천 명이나 상대하면 수인 국이 좋게 보질 않겠지. 어쩔 생각인가?"

"문제없습니다. 수인국의 정권은 곧 붕괴할 테니까요."

"흠……?"

"그 녀석이 그렇게 말했으니 정말 이루어지겠지요."

"호오……. 그렇군, 그런 사정인가."

"류토가 말하기를 폐하께 '성가신 일에 휘말리게 해서 미안하다'고 합니다. 세 나라가 얽힌 소동…… 무엇이 일어나고 있는지 자세히는 모릅니다만, 이번 수인국 사건은 환생자들의 싸움이기도 하겠지요."

"그리고 수인국 밖에서 장외 난투…… 이 국면은 겉으로 드러나지 않는 자들에 의한 대리전쟁이라는 것인가."

"아무튼, 수인들을 제가 상대해도 불평할 자는 없을 겁니다."

그러자 알베르왕이 진심으로 유쾌한 듯 "크하하" 하고 크게 웃었다.

"뭐, 수인의 세계가 마인의 손으로 끝장난다면, 인간의 세계는 인간의 손으로 마무리를 짓도록 하지. 그런데 용사여?"

"말씀하십시오."

"가능한 한 용맹한 자를 호위로 붙여주마. 어느 정도 전력이 필요한가?"

코델리아는 잠시 고민하고 나서 입을 열었다.

"혼자서도 충분합니다."

"그대가 S랭크에 달하는 실력을 지녔다는 건 알고 있다. 허나 용사라고 해도 인간의 영역을 벗어난 수준은 아닐 텐데?"

"아니, 이 정도쯤 혼자서 해내지 않으면…… 안 되거든요."

"혼자 해야 하는 이유가 있느냐?"

"류토를 아는 분에게 이런 말을 하면 웃을지도 모릅니다만, 저의 목표는 류토=맥클레인과 어깨를 나란히 하는 것입니다. 진지하게 그렇게 생각합니다."

코델리아의 말에 알베르왕이 감탄하며 고개를 끄덕였다.

"호오, 마인의 등을 쫓겠다는 건가."

"어리석다 보십니까?"

"아니, 재미있는 생각이다. 나 역시 일찍이 대륙을 통치한 이 나라를 다시 부흥시키겠다는 목표가 있으니."

말을 마치자마자 알베르왕은 출입구를 향해 걸음을 옮겼다.

"어디로 가시는 겁니까?"

"신속히 움직여라. 지금부터 전군을 이끌고 도시국가 연맹을 치겠다."

그러고는 문을 열기 직전 알베르왕이 코델리아를 돌아보았다.

"아, 참. 코델리아=올스톤이여."

"네, 왜 그러십니까?"

"그대 또한 성가신 남자에게 반한 모양이군."

히죽 웃는 알베르왕의 모습에 코델리아는 순간 얼굴을 새빨갛게 물들이고 고개를 가로저었다.

"아, 아니, 저와 그 녀석은 그런 게 아닙니다!"

"숨기지 않아도 된다. 나도 마찬가지니."

"무슨 말씀이시죠?"

"자네와는 달리 인간 대 인간의 호감이긴 하지만. 뭐 같은 사람을 향하고 있으니 말이다. 동류라는 거지."

그러자 코델리아가 곤란한 듯 어깨를 으쓱했다.

"동류…… 궁지에 몰렸을 때 도움의 손길을 내준 점은 같을지도 모르겠네요."

"하하, 그렇군."

"하지만 신기하지 않습니까. 그는 항상…… 제일 좋은 타이밍에 나타나는 게."

"이상할 게 뭐가 있나."

"무슨 말씀이시죠?"

"고금동서, 영웅이란 그런 법이니라."

진지하게 말하는 알베르왕을 보며 코델리아는 "허……" 하며 입을 떡 벌렸다.

"과연, 인간 대 인간의 동경이란 말씀이시군요. 그럼 저는 남쪽으로 향하겠습니다. 류토는 이미 홀로 수인국을 향했습니다."

"음. 마인의 영역에 관한 사정은 마인에게 맡기면 된다. 그리고 코델리아…… 이 일을 마지막으로 너도 마인의 뒤를 따라가거라."

"네, 말씀하시지 않아도 그럴 생각입니다."

그렇게 알베르왕은 문을 열자마자 이렇게 말했다.

"그리고 나는…… 인간은, 인간의 전장을 어디까지고 달리도록 하지!"

★

시간은 거슬러 올라가 며칠 전.

──성도의 큰길.

오후의 카페테라스로 따스한 햇볕이 들었다.

테라스 한구석에 자리를 잡은 모제스는 최상급 찻잎을 쓴 홍차를 들고 무언가 생각에 잠겨 있었다.

그의 눈앞에는 체스판이 놓여 있고, 혼자 승부를 내기 위해 한창 궁리하는 듯했다.

톡, 모제스는 폰을 앞으로 움직였다.

"알베르왕과 연이 있다는 정보…… 유효하게 활용하였습니다. 그야말로 천금 같은 정보였군요."

이어서 모제스는 상대편 퀸을 향해 비숍을 가까이 놓았다.

"역시 여기서는 상대편 킹의 약점을 찌르도록 할까요. 도시국가 연맹과 수인국을 움직이겠습니다."

그러자 모제스의 맞은편에 앉은 고양이 귀 소녀가 고개를 갸웃했다.

"약점이라니 무슨 말이냥?"

"킹…… 류토=맥클레인의 약점은 몇 가지가 있습니다만, 가장 큰 것은…… 사람이 좋다는 것입니다."

"사람이 좋은 게 약점이냥?"

"네, 그는 일의 가치 기준을 정의와 윤리, 혹은 인의에 둡니다."

"뭐, 그렇겠지냥. 화가 나면 앞뒤 가리지 않고 달려드는 타입이지만, 화가 나기 전까지는 어느 정도 상식적이다냥."

"네, 그렇습니다. 이번 상회 일도 처음에는 실력행사를 하겠다는 선택지가 없었으니까요."

"흠."

모제스가 체스 말을 다시 하나 움직이며 말을 이었다.

"저라면 처음부터 간부를 몇 사람 죽였을 겁니다. 상대는 개나 고양이 수준과 마찬가지니까요. 격이 다름을 보여주면 두 번 다시 거스르지 않습니다."

"그건 모제스냥이 사이코패스라서 그런 거다냥."

"그렇습니다. 저와 달리 그는 아직 인간의 가치관을 따르고 있습니다. 그래서 그의 행동은 읽기 쉽지요."

그러며 모제스가 딱 하는 한층 큰소리를 내며 폰을 앞으로 움직였다.

"이것으로 체크메이트입니다."

그러자 고양이 귀 소녀가 고개를 갸웃하며 모제스에게 물었다.

"우냥? 킹이 아닌 퀸을 몰아붙이는 것 같다냥?"

"같은 일입니다. 퀸만 잡아버리면 정화…… 그리고 방주까지는 일직선입니다."

"흠흠. 그러니까 무슨 소리냥?"

"천 명을 죽이면 제가 원하는 수확은 얻는다는 겁니다. 수인이라고 해도 사람은 사람. 이제 몇 가지 조건만 더 갖추면 동족 학살귀로 시스템에 기록이 남겠지요. 제로 씨가 쓰러지는 바람에 효율적으로 진행하기 어려워졌습니다만…… 뭐, 루트의 해금 조건 중 가장 중요한 부분은 만족시킬 수 있을 겁니다."

"제로냥의 성기사단도 실패했는데 아직 포기하지 않은 거냥?"

"본래 이것이 원탁회의의 비원이니까요. 그를 위해 코델리아 양의 친가를 그런 핏줄로 준비했고요."

"비도덕적인 본성을 깔아놓고, 성인으로 만드는 것. 꽤 어려운 배합이었던 모양이다냥."

"네, 원래 목표였던 동쪽 용사의 적성이 마법이란 걸 들었을 때는 폭소했습니다. 예비로 준비해둔 북쪽의 용사가 근접전투 속성을 지녀서 다행이군요."

"뭐, 지금은 모제스냥 같은 특이한 사람이나 그런 고루한 최종 병기에 관심을 보이지만냥. 아니, 모제스냥조차도…… 그 주체가 코델리아=올스톤이 아니었다면 관심을 보이지 않았을 텐데냥."

"맞습니다. 인류의 도달지점이라는 의미로는 관심이 있습니다 만, 지나친 힘은 불필요합니다. 저희만으로도 방주는 성립할 테고요. 아름다운 코델리아 양을 더욱 아름답게 꾸며 바치려는 측면은 부정하지 않겠습니다."

"정말 그 스토커 기질이 징그럽다냥."

"마음대로 떠드십시오. 저는 저의 사랑에 충실할 뿐이니까요."

그대로 모제스는 추악한 미소를 지으며 안경을 오른손 집게로 밀어 올렸다.

"자, 코델리아 양? 어서 움직이시지요. 큭큭큭…… 하하하하!"

"저기, 모제스냥?"

"왜 그러시죠?"

"카페테라스 테이블에 체스판을 떡하니 두고 뽐내는 얼굴로 깔 깔거리며 큰소리로 웃는 건…… 좀 창피하다냥. 같이 있는 사람 도 생각해달라냥. 앞으로는 제발 그러지 말라냥."

그러자 모제스는 주위를 둘러보며…… 다른 손님의 시선을 느끼곤 곤란한 듯 어깨를 으쓱했다.

"큭…… 뭐, 조심하지요."

막간 ~인류 진화의 도달점: 예를 들어 튜토리얼에서 류토가 사망한 뒤, 시간을 되돌리지 않고 그대로 시간이 흘렀다면~

"이상으로 아르테나 마법 학교 졸업생 대표—— 코델리아=올스톤의 답사였습니다."

그 말로 학생으로서의 나는 마지막을 알리고, 한 사람의 용사로서 나아가게 되었다.

긴 연결통로를 걷는 것도 이것으로 끝이다.

감개무량하여 나는 살짝 고개를 끄덕였다.

"이곳에서의 생활도 이것으로 끝인가……."

이제 기숙사로 돌아가 짐을 정리하여 성도로 이사하기만 하면 된다.

뭐, 마법 학교에서 3년을 보냈다고 해도, 수업보단 성기사단이나 S랭크 모험가들과 함께 국가 규모로 대처해야 할 몬스터를 토벌하러 다닐 뿐이었지만.

덕분에 나도 S랭크가 되어 용사로서도 한층 강해질 수 있었다.

하지만——.

아무리 강해져도, 아무리 사회의 치안에 공헌해도 나의 마음은 채워지지 않았다.

"류토……."

옆에 그 녀석이 없다.

그 녀석은 폭포에 빠져 죽고 말았다.

그때 곧바로…… 아주 조금이면 손이 닿을 거리였는데 결국 잡지 못했다.

——나 때문이다.

그 이후 나의 마음에는 항상 깊고 어두운 그림자가 드리워져 있다.

다 같이 노는 자리에서는 분위기를 파악하여 억지로 따라 웃는 버릇이 생겼다.

얼굴 근육을 무리하게 썼을 때, 연수 부근의 목덜미 근육이 결리는 것도 익숙해졌다.

아무튼…….

나는 용사다. 따라서 더욱 강해져 인류의 보탬이 되어야 한다.

하지만…… 나는 하늘을 올려다보았다.

"무엇을 위해 나는…… 목숨을 걸고 있을까?"

용사라 떠받들어지며 원래 그런 것이라며 임무와 역할을 수행해왔지만…… 나는…… 어째서…….

"정말 한심해."

용사로서 확고한 마음가짐이 없는 건 자신도 알고 있다.

사람을 지키더라도 솔직히 나의 목숨을 걸면서까지 지키고 싶지 않다.

막 용사가 될 것을 받아들였을 시절에는…… 류토처럼 약한 자를 지키고 싶다는 마음도 있었을지도 모르지만.

"왜 그러시죠, 코델리아 양? 어두운 얼굴을 하고?"

"모제스……."

"또 류토 군을 떠올리고 있던 겁니까?"

"……응."

그러자 모제스가 미안한 듯 머리를 숙였다.

"저의 책임입니다. 그때 마물에게 습격받아 강으로 떨어진 류토 군을 지키지 못한…… 저의 책임입니다."

"너도 소꿉친구를 잃어 괴로울 텐데. 게다가 그렇게 말하자면 마물이 사는 숲에 마을사람을 데려간 나의 책임이잖아."

"……정말 미안하군요, 코델리아 양."

"옛날 일을 꺼내 봐야 소용없어. 우리는…… 언제까지고 뒤를 돌아보고 있을 수는 없으니까."

"네, 맞습니다."

"이번에 내가 파견될 성기사단에는 너도 같이 간다며?"

"네, 비공식 성기사단 부대입니다만…… 단장이 저의 옛 친구라서요."

본래 용사는 백성의 앞에 서서 권력의 상징으로 이용되기 마련이다. 백성의 충성심을 높이고, 세금을 쥐어 짜내기 위한 수단으로 매우 우수하기 때문이다.

전장에서도 유용하다. 선두로 나서면 부대 전체의 사기도 크게 오르니까.

나도 원래는 각광을 받는 길을 걷고 있어야 했다.

그러나 나는 비공식 성기사단의 부대에 배치되었다.

끔찍한 장소였다.

민간인 사이에 섞인 과격파 이교도를 없앨 뿐인…… 난민 캠프를 통째로 태우는 등 그런 잔인한 짓만 해야 했다.

그렇게 학살에 참여한 지 1년이 지나——.

——그 뒤의 일은 잘 기억나지 않는다.

그렇다. 말 그대로 정말 잘 기억나지 않는다.

나의 의식이…… 마치 최면 마법에 걸린 것처럼 뒤죽박죽이 되었기 때문이다.

바꾸어 말하자면, 어느 날 갑자기…… 나의 의식이 무척 애매해졌다고 표현해야 할까.

그리고 어느새 나라는 몸을 내가 아닌 무언가 다른 것이 조종하기 시작하였고…….

내가 강하게 나설 때는 내가 몸을 움직이고, 나의 의식이 흐릿해졌을 때는 그것이 나를 움직이는 느낌이라고나 할까.

그런 애매한 상태가 되고 처음 며칠간은 이변을 분명하게 느껴당황하기도 했다.

하지만 며칠이 지나니 위기감도 느끼지 않게 되었고, 점점 그것이 밖으로 나오는 시간이 길어져서…… 나는 그저 흐물흐물 녹아내린 의식의 바다에서 떠다니기만 하게 되었다.

"자, 드디어 때가 왔습니다."

"……어?"

비몽사몽 중에 모제스의 목소리를 듣고 나는 오랜만에 또렷한 의식을 되찾았다.

시간상으로는 기억과 의식이 애매해진 지 수십 일이었던 듯하기도 하고, 혹은 몇 년이 지난 듯하기도 했다.

아무튼, 정신이 드니 나는 말을 타고 있었고, 뒤로는 대군세가 나와 모제스를 따르고 있었다.

"이게…… 무슨 일이야?"

"어라, 웬일로 의식을 되찾았군요. 뭐, 됐습니다. 어차피 곧 당신의 의식은 마에 삼켜질 테니까요. 대원정입니다."

"……대원정?"

"거듭된 대재앙 때문에 좁아진 인류의 생존권을 되찾기 위한 성전입니다. 용왕조차 쓰러뜨린 역대 최강이라 불리는…… 인류의 결전 병기인 용사: 코델리아를 필두로 저희 환생자까지 참가하는 큰 이벤트라고요."

"환생자? 용왕? 무슨…… 소리야?"

나의 말에 모제스가 대답하지 않고 킥킥 웃기 시작했다.

"그나저나 걸작이군요."

"……?"

"본래 용사 따위가 용왕을 죽일 수 있을 리가 없어요. 여기 있는 아름다운 공주님은 인마황……. 용사와 마왕의 힘을 모두 지 닌 인수라지요."

"……모……제스……?"

왜 그럴까.

너무 졸리다. 몸이 너무 나른하고…… 모든 것이 아무래도 좋 은 기분이 들었다.

그러자 모제스가 다정하게 미소를 지었다.

"안녕히 주무시죠── 용사님."

그리고──.

다시 정신이 드니 나는 불타는 제국의 수도에서 검을 휘두르고 있었다.

S랭크 모험가들이 몰려들었으나, 그들을 마구 걷어차며 제국 의회로 곧장── 시체의 산을 쌓으며 나아갔다.

그리고 나의 뒤에는 몇 명의 환생자가 따르고 있었다.

"……어라? 나…… 인류의 생존권을 되찾기 위한 성전…… 대 원……정……?"

"아니, 이 지경이 되어서도…… 의식이 남아 있다고? 이거 참, 용사란 대단하군요."

"모……제……스? 무슨 일이…… 일어나고…….""

"안심하십시오. 당신은 악을 처단하고 있는 것입니다."

"……악?"

"먼저 저희는 인류의 서식권 밖에 사는 마계라 불리는 토지의 주민── 마인을 마구 사냥하였습니다. 거기서 세계연합의, 이번

대원정의 목표는 달성되었습니다. 이어서 저희는 제국의 수도로 개선하기 전에 저희가 이끌고 있던 대군세를 숙청했습니다."

"숙……청?"

"넓게 보면 인간이라는 것…… 그것 자체가 악이니까요."

"……악?"

그때 나의 머릿속에 의식이 혼탁해진 와중에 들었던 여러 가지 일이 떠올랐다.

"……확실히…… 그럴……지도."

설령 내가 정상적인 상태였더라도 어떤 측면으로는 모제스의 말에 어느 정도 동의했을 것이다.

그래, 우리 인간은 너무 큰 원죄를 지고 있다.

따라서 대지에 버림받고 대재앙이라는 업을 지고 만 것이다.

그리고──.

다시 거부할 수 없는 졸음이 밀려왔다. 그저 몸이 나른해서…… 또 모든 것이 아무래도 좋은 기분이 들었다.

그러자 모제스가 다정하게 미소를 지었다.

"안녕히 주무십시오. 그리고…… 전장을 활보하십시오, 아름다운 버서커."

그 뒤 나의 의식은 두 번 다시 돌아오지 않았으나, 마지막으로 말한 모제스의 말에 구역질이 일고 소름이 끼쳤다.

"그리고 저와 당신은 이 별에 둥지를 튼 모든 악의 근원을 처단한 뒤, 정화된 세계에서 아담과 이브가 되는 것입니다."

마을사람입니다만, 문제라도?
"I am a villager,
what about it?" 문제라도?
Story by Arato Shiraishi, Illustration by Famy Siraso

엘프와 수인과
마을사람과

"I am a villager, what about it?"
Story by Arata Shiraishi, Illustration by Famy Siraso

사이드: 십이신장 리샤스

나의 이름은 리샤스.

수인국에서는 십이신장 중 하나에 들어가는 실력자다.

굳이 말하자면 S랭크 정도 되려나.

나도 원래는 A랭크에 조금 못 미치는 실력이었다.

그러나 십 년쯤 전에 우리의 운명은 크게 달라졌다.

어느 날 십이신장은 대왕님에게 불려갔다.

그곳에는 안경을 쓴 수상쩍은 인간 아이가 있었다.

우리는 수면제를 받았고, 대왕님은 "자고 일어나면…… 너희들은 최강의 전사로 다시 태어날 것이다"라는 말을 하였다.

그리고 그 말대로 자고 일어나자——.

——정말 최강이라 말해도 될 힘을 받고 눈을 떴다.

그렇게 전쟁이 일어나 우리는 엘프와의 싸움에 압승했다.

아니, 그것은 전쟁이 아닌 학살이었다.

S랭크 열두 명에 A랭크가 수십 명, B랭크가 백 명 이상.

대제국의 군사력과 비교해도 손색이 없는 전력이므로 변경의 엘프 따위는 상대가 되지 않았다.

그리고 전쟁이 끝나고 나서도 우리 십이신장은 엘프의 집락을 철저히 점령하고 다녔다.

수인과 엘프는 오래전부터 사이가 나빴다.

아이를 죽이는 데 아무 거부감이 없었고, 엘프 여자를 범하는 데에도 아무 거부감이 없었다.

대왕님의 아들이 엘프 왕족 사이에 아이를 낳아 우리나라도 뒤에서는 여러모로 소란이 있었다는 이야기도 듣긴 했지만. 그건 대외비다.

아무튼 나는 강해졌다.

엘프는 부대를 소수정예로 구성하는 편이다.

실력이 뛰어난 마법사가 모였지만, 모두 나의 어쌔신 대거로 한 번 휙 베어내자 허무하게 죽어버렸다.

그들의 마법은 내게 아무런 의미가 없었다…… 마법을 맞아도 상처하나 없을 때 그들이 보인 표정은 너무나 우스웠다.

다만 상처가 없다 해도 조금 아팠기에 화가 났다.

──따라서 여자는 범하고 아이는 죽였다.

정말 즐거웠다.

그리고 얼마 전, 엘프와 수인의 피가 섞인 왕녀님을 탈환해 오라는 명령이 내려왔다.

왕족이 엘프 사이에 아이를 만들었다는 소문은 사실이었구나…… 하고 생각하면서 지령을 받은 나는 크게 웃었다.

명령의 내용이 너무 이상했기 때문이다.

마을사람과 마법사 둘이 왕녀를 데리고 이곳으로 향하고 있으니 국경 부근의 숲에서 요격하라는 것이었다.

정말 웃음만 나왔다.

마을사람이라니? 마을사람?

——허접함의 대명사가 국가를 상대로 싸움을 걸러 온다고?

어이가 없다.

뭐, 마법사가 굉장한 미인이라니 기대해봐도 괜찮을 것 같다.

왕녀님은 가능하면 생포, 최악의 경우라도 시신은 왕도까지 전달하라고 되어있었다.

마을사람은…… 뭐, 바로 죽이면 되겠지. 이번에도 바람처럼 나타나 폭풍처럼 목숨을 날리도록 할까.

그런 연유로——.

나는 숲속에서 마을사람이 캠프를 설치하고 있는 곳에 도착했다.

"……류토?"

하늘색 머리의 소녀가 나를 노려보았다.

아무래도 미인이라는 이야기는 사실이었던 모양이다.

"오빠! 이 사람이 십이신장……! 금단의 의식으로 신에 가까운 힘을 손에 넣었다고 해요!"

과연 왕녀. 그런 것도 알고 있는 건가.

나는 어째신 대거를 혀로 핥으며 마을사람을 향해 걸음을 옮겼다.

"헤헤, 형씨? 안타깝지만 상대를 잘못 만났군? 지금 나는 무적이니까. 나는 시골 마을 정도는 혼자서도 파괴할 수 있어. 아니, 변경의 소국이라도 가능하겠군. 나는 S랭크 정도는 된다는 모양이니까. 그래도 나는 자비로워. 당장 죽이지는 않으마. 너의 일행인 이 마법사가 당하는 모습을 보며 분해서 실컷 눈물을——."

"닥쳐."

"후엑…… 으아아아아아아아아아아아아아아악!!!!!!!!"

주먹을 한 방.

마을사람에게서 검은 오라가 보인 순간—— 나는 숲의 나무를 몇 그루나 부러뜨리며 뒤로 날아갔다.

코를 중심으로 두개골이 함몰되었나.

아니다.

두개골의 함몰이 대뇌까지 도달한 뇌타박상.

분쇄된 미세한 뼈가 튀어 대뇌에 치명적인 타격을 주었다.

……거기서 나의 의식은 영원히 사라졌다.

사이드: 류토=맥클레인

숲속.

그 뒤 바로 행동을 개시한 우리는 수인국으로 향하였다.

"……그런데 류토? 왜 리즈를 데려왔어?"

"리즈를 지킬 오르토가 죽었으니까. 일이 끝날 때까지 리즈를 곁에서 떼어놓지 않으려고."

나는 뒤에서 종종걸음으로 따라오는 리즈에게 시선을 보냈다.

"류토 오빠? 오빠가 굉장히 강한 건 알겠어요. 하지만 정말……나라 하나를 상대로 싸움을 걸 생각인가요?"

그 말에 나는 웃으며 리즈의 머리를 살짝 콩 때렸다.

"너는 아무것도 걱정하지 않아도 돼. 너를 괴롭힌 자들을 혼내 줄 테니."

이쪽은 오르토를 잃었다.

나는 놈들을 용서할 생각이 없다.

"──음?"

내가 주위의 이변을 눈치채고, 몇 초 뒤에 릴리스가 주위를 경계하기 시작했다.

마지막으로 리즈가 코를 킁킁거렸다.

수인이라 후각이 뛰어난 모양이다.

나는 리즈를 옆구리에 끼고 기척이 나는 방향을 향해 달려갔다.

"피 냄새인가……."

사이드: 펠리스=맥이완

"큭…… 죽여라."

수인 몇 명에 포위되어 부러진 검을 내던지고 나는 그렇게 말했다.

그러자 수인들이 야비한 미소를 지으며 나를 훑어보았다.

길드에는 등록하지 않았지만 나도 A랭크는 될 텐데, S랭크 앞에서는 손도 쓸 수 없었다.

──9년 전 엘프국은 수인국과의 전쟁에서 패했다.

나도 당시 전사장으로 병사를 이끌고 참전했지만…… 그만한 참패는 고금동서의 전쟁 자료를 확인해도 드물 것이다.

전쟁이 끝나자 놈들은 소문대로 야만스러움을 발휘했다.

엘프 남자는 노예로 전락하고, 여자는 유린당했다.

눈을 돌리고 싶은 대참사가 일어나는 와중에 나는 일부 엘프들과 함께 깊은 숲속으로 도망쳐 숨는 데 성공했다.

그렇게 수인들의 추적을 피하며 집락을 형성하여 조용히 살고 있었다.

아니, 조용히는 아니지.

우리는 숲에서 수인들을 노린 게릴라전을 벌이며 노동 노예며 성노예로 전락한 동포를 구하기 위한 활동을 하였다.

거듭된 게릴라전으로 수많은 동포가 희생되었으나, 그 이상으로 많은 동포가 해방되어 우리의 전력은 증대되었다.

그런 지옥에 있다가 죽을 바에야 누구든 들고 일어서려 하겠지.

해방된 동표들은 모두 우리의 방침에 찬동했다.

그렇게 우리는 각각의 부족마다 레지스탕스를 구성하였고, 이 드넓은 숲에는 지금 모두 다섯 개의 대규모 부족연합이 만들어졌다.

──그런데 얼마 전 수인의 왕족에게 끌려간 옛 엘프 황녀가 수인의 왕도에서 대대적으로 처형하겠다는 포고가 내려왔다는 정보가 들어왔다.

이건 마지막 기회다.

부족장들과 의논하여 그렇게 확신한 우리는 도망쳐 살아남은 모든 엘프의 힘을 모으기로 하였다.

즉, 왕도를 강습하여 황녀를 탈환하려는 계획이다.

그러나 수인국과 정면으로 싸워서 이길 수 있으리라는 생각은 들지 않는다.

그들은 종의 진화라는 말도 안 되는 힘을 써서 터무니없는 힘을 얻었다.

B랭크가 A랭크로, A랭크가 S랭크로…… S랭크 부대를 상대로 어떻게 이기란 말인가.

그러나 우리는 엘프다.

숲의 현자라는 긍지가 있다.

유린당하고, 약탈당하고, 실컷 이용만 당하고, 착취당한 끝에 살해당할 뿐인 삶이라면 깔끔하게 죽는 것이 낫다.

──그것이 부족 회의에서 내린 결론이었다.

그리고 결전의 땅은 수인국── 의 왕도에 가까운 관문이 있는 미네간 평원으로 결정하였다.

관문을 공격하여 그들이 혼란에 빠지면 잠입부대가 왕성에 들어가 황녀를 탈환한다.

그것이 우리의 계획이었다.

150명의 마누르 부족의 전사들을 이끌고 나는 미네간 평원으로 향하는 숲으로 가고 있었다.

그러나 중간에 최악의 남자와 마주쳤다.

십이신장── 강검의 마누크베스.

수인국의 호랑이 인간이며, 그들이 자랑하는 열두 명의 S랭크 전사 중 한 명이다.

그의 옆엔 A랭크 근위가 넷, 그 뒤로 B랭크 병사가 10명 남짓. 작은 나라 정도는 점령할 수 있을 전력이었다.

수인국에는 저런 전력이 12부대가 있다. 엘프국이 버틴다는 건 사실상 불가능한 이야기였다.

나도 마찬가지고.

"엘프 레지스탕스로 악명 높은 펠리스=맥이완 아니신가."

"네놈들에게 악명으로 불린다면 역시 내가 걸어온 길이 옳았던 모양이군."

허세를 부리며 미소를 짓자, 마누크베스가 나의 심중을 꿰뚫어 본 듯 비열하게 웃었다.

"아아, 바퀴벌레 같아서 거슬렸거든. 뭐, 오늘로 끝장인 것 같 지만."

그 말에 나는 마누크베스를 노려보았다.

"왜 황녀를 죽이려고 하지? 이미 네놈들은 엘프의 존엄을 짓 밟지 않았나. 아직…… 부족하단 말인가?"

"그게 왕족 중 한 명이 미친 것 같아서."

"미쳤다고?"

"아무래도…… 진심으로 반한 모양이야."

"……?"

"아이도 사랑하며 키우고, 심지어 엘프와의 융화정책을 주장 하기 시작했어."

"융화정책? 웃기지 마라."

"그렇지? 너도 믿기지 않지?"

확실히 믿을 수가 없다.

엘프와 수인은 몇백 년도 전부터 증오를 키워왔다.

전쟁에 이어 또 전쟁, 평화로울 때조차 다음 전쟁을 위한 준비 에 불과한── 그런 피로 피를 씻는 항쟁의 역사를 걸어왔다.

애초에 이 땅은 농사를 지을 만한 비옥한 토지가 적은 지역이라, 양쪽 국민이 잘사는 일이 불가능하므로…… 구조적으로 문제가 있다.

"그리고 아직 부족하냐는 질문에 대답해주지. 네놈들은 스스로 숲의 현자라 칭하고 있지?"

"그렇다만……."

"너희는 일찍이 자신들이 우세했을 때 우리를 숲의 야만인이라 경멸하며 핍박했던 건 기억하지? 둘 중 하나가 사라지기 전까지 끝은 없어."

뭐, 그렇겠지.

우리 엘프도 수인들에게…… 결코 칭찬받을 만한 행동을 하지 않았다.

서로 증오가 정점에 달하면 해결책은 어느 한쪽이 사라지는 것밖에 남지 않으니까.

"힘의 균형이 깨지면 당연히 이렇게 되지. 현자님은 그런 것조차 모르는 건가?"

"……너희는 어떻게 그런 힘을 얻었지?"

"아인종의 인공진화란 거다. 우리 속에 있는 마수── 마물의 피를 활성화하는 거야."

인공진화……라고?

종족의 진화라고 하면 대재앙이 유명하다.

그러나 재앙은 그야말로 자연의 것…….

이 자의 말이 사실이라면 재앙을 인위적으로── 인간, 아인 할 것 없이 세계를 뒤흔들 일이 일어날 수 있다는 의미가 된다.

"그건 금기다. 일개 생물이, 사람이 할 수 있을 리가 없어."

그러자 마누크베스가 히죽 웃었다.

"아아, 물론…… 인간의 짓이 아니야. 현자 모제스…… 그것이 현인신의 이름이다. 그가 말하기를 그저 실험이니 감사하지 않아도 됩니다……라고 하더군. 정말…… 이상한 꼬마였어. 아무튼."

마누크베스가 손을 짝 마주쳤다.

"오랜만에 잡은 상등품이야. 내가 제일 먼저 할 테니 그다음은 너희가 마음대로 해도 돼."

그 말이 끝나자마자 나를 둘러싼 수인 남자들이 흥분했다.

"엘프 황녀의 동생—— 여기사님이야. 정중하게 예뻐해 드려."

남자들이 비열한 미소를 지으며 나에게 다가왔다.

정말 야만적인 놈들이다.

"……큭…… 죽여라."

"아, 물론 죽여야지. 네놈 때문에 웃지 못할 숫자의 동포가 죽었으니."

그러며 마누크베스가 기쁘게 웃었다.

"——다만 실컷 즐긴 다음에."

마누크베스가 내가 입고 있던 백은 플레이트 아머를 뜯어내듯이 난폭하게 벗겨냈다.

"과연 야만적이기 짝이 없군. 그야말로 숲의 짐승다워."

나는 체념하고 미소 지었다.

——이젠 자결만이 남은 길이다.

어금니에 숨겨둔 치사량의 투구꽃을 혀로 끄집어냈다.

타액에는 녹지 않지만, 위액으로는 녹는다.

나에게도 황족으로서의 자존심이 있다── 이러한 자를 위에 올리는 취미는 없다.

마누크베스가 나의 옷도 벗겨내어 속옷이 드러났다.

마지막으로 마누크베스가 나의 다리를 억지로 벌리고, 그 사이로 머리를 들이밀려다──.

"아흑!"

나무 사이에서 갑자기 나타난 누군가가 다리로 찍어 내리는 바람에 바닥에 머리가 박혔다.

"……이걸 입어."

갑자기 나타난 검은 머리의 소년이 나에게 망토를 건넸다.

그대로 소년은 마누크베스의 목덜미를 잡아 난폭하게 내던졌다.

그러자 내던져진 마누크베스는 공중에서 빙글빙글 돌아 착지 자세를 취했다.

마누크베스는 바닥을 미끄러져 속도를 죽이며 착지하더니 어깨를 부들부들 떨었다.

"어째서 인간이 이런 곳에? 아니, 네 이놈! 내가 십이신장── 강검의 마누크베스인 것을 아는 거냐?!"

"그러고 보니…… 아까도 십이신장이라는 녀석이 있었지."

그러며 소년이 오른손으로 검을 뽑았다.

"이쪽은 시간이 없어. 귀찮으니까── 한꺼번에 덤벼."

사이드: 류토=맥클레인

"너, 너, 넌 대체 누구냐?!"

수인의 시체가 산처럼 쌓인 곳에서 망토로 몸을 가린 엘프 여자가 말했다.

겉보기에는 20대 정도로 보이는데, 긴 금발이 무척 예쁘다.

아니——.

굉장한 미인이다.

코델리아와 릴리스도 그렇지만, 이 사람도 대단하다.

이 세계의 예쁜 사람은 다들 미모 수준이 내 상식을 초월해 있다.

지구 어디에도 이만한 인물들은 없겠지.

그건 차치하고.

"류토=맥클레인이야. 여러 가지 일이 있어서 수인국으로 가는 길이지."

그러자 무언가를 생각하던 엘프가 그 자리에서 절을 했다.

"네 힘을 보아 부탁한다…… 내게 힘을 빌려다오!"

"응?"

"이 숲의 엘프는 수인들에게 유린당하고 있어."

"……그런 이야기를 듣긴 했지."

"심지어 이번에는 수인국으로 끌려간 황녀님이 처형된다는 이야기가 있었다."

아니, 리즈의 어머니가 죽는다고?

정말 웃기지도 않은 이벤트가 줄줄줄 나오네.

"아…… 일단 머리를 들어줘. 대화하기 불편하잖아."

"따라서 나는 황녀를 탈환하기 위해…… 아니, 마지막 저항을 하기 위해 부족 일단을 이끌고 동료와 합류하려고 하였으나, 무력하게도 이런 꼴이다."

주변에는 엘프의 시체도 가득 쌓여 있었다. 수인이 수십 배는 되는 숫자였다.

"너 혼자 남은 거 아닌가? 혼자서라도 가려고?"

그러자 여자가 허탈하게 웃었다.

"──언니니까."

"언니?"

"황녀님은 나의 언니야. 수인의 왕실에서 치욕을 겪더라도 살아만 있어 주길 바랐건만, 처형 이야기는 도저히 가만히 있을 수가 없어서……."

이 사람, 기사였던 건가.

가만, 그럼 리즈의 이모라는 이야기 아닌가? 자세히 보니 눈매가 똑같다.

그때 아까부터 조용히 있던 릴리스가 입을 열었다.

"……우리와는 상관없는 이야기."

나 또한 릴리스의 말에 동의했다.

"그래, 미안하지만 우리는 바빠. 이미 성가신 일에 실컷 휘말렸어. 이 이상 귀찮은 건 사양할래."

"제발! 너 같은 힘이 있다면 십이신장조차도──."

그 말에 대답하지 않고 나는 그저 고개를 가로저었다.

"안 돼. 참…… 구해준 보답이랄 건 아니지만, 이 부근의 지도는 없어?"

도시에서 구한 지도가 있지만, 숲속에 들어와 벌써 몇 번이나 길을 잃었다.

상당히 옛날에 만든 지도인지, 나무의 위치조차 맞는 게 없는 엉망진창인 지도였다.

나의 말에 엘프가 떨떠름하게 근처에 떨어져 있던 배낭으로 향했다.

그러고는 지도 한 장을 꺼내 나에게 건넸다.

"사냥할 때 우리가 사용하던 것이니…… 네 것보단 정확할 거다."

흠. 나는 지도를 받아 내용을 검토하였다.

내가 가진 지도와는 전혀 다르고, 지금까지의 여정도 이쪽 지도와 일치했다.

말한 대로 이거라면 정확성을 믿어도 될 듯하다.

"아 참, 아까 말한 최후의 저항이란 건 어디서 일어나는데?"

"……지도로 보면 여기야. 반나절 뒤에는 전장이 되겠지."

숲이 끝나고 평원으로 이어지는 큰길의 시작점 부근에 관문이 세워져 있다고 한다.

그리고 관문에서 수인국의 왕도까지는 바로 코앞이라고 한다.

"릴리스. 길이 정해졌는데?"

나는 릴리스에게 지도를 보여주며 우리가 앞으로 지나갈 길을 가리켰다.

그러자 릴리스가 노골적으로 인상을 찡그렸다.

"릴리스, 반나절 뒤에 이 관문을 정면으로 돌파하자."

"……그랬다간 전장을 돌파하게 돼."

"이게 지름길이잖아."

"……그냥 우회하는 게 나아. 수인과 엘프의 전쟁은 우리와는 상관없는 일이야. 괜한 전투는 피하는 게 좋아."

"그건 아니지, 릴리스. 이 관문이 정문이라잖아? 왜 우리가 문을 놔두고 살금살금 숨어들어야 하는데?"

"……일단 지금은 리즈도 데리고 있어. 위험은 적은 편이 나아."

"애초에 깐족거리며 건드린 건 저쪽이잖아? 봐줄 필요 없어."

"……저들을 혼내주는 건 나도 찬성이야. 하지만 류토가 늘 그렇듯이…… 미인에게 약한 점이 마음에 들지 않아."

"아니, 미인이니 어떠니 하는 문제가 아니잖아. 그냥 가장 빠른 길로 정정당당하게 돌파할 뿐이야. 우연히 그곳이 수인과 엘프의 전장인 거고."

그 말에 엘프의 표정이 환하게 바뀌었다.

"……도와준다는 말인가?!"

그러나 나는 고개를 가로저었다.

"도와주는 게 아니라니까?"

"그런……."

다만, 하고 덧붙였다.

"──내가 가는 길을 방해하는 녀석이 있다면 한꺼번에 날려버릴지도 몰라."

그러자 엘프가 나에게 꾸벅 인사하며 말했다.

"……감사하마. 류토=맥클레인 공."

사이드: 에이브=맥밀란

나는 눈앞에서 달려드는 수인들을 바라보았다.

이곳은 미네간 평원—— 이 숲에 사는 엘프족의 마지막 저항의 땅이다.

사실 이 항쟁도 큰 의미는 없을 거다.

상대의 전력은 이미 우리를 아득히 넘어섰다.

열 명이 넘는 S랭크가 이런 구석에 뭉쳐있다니. 이게 무슨 운명의 장난인지.

그래도 지금은 관문에 S랭크나 A랭크는 없는 것 같다.

우리가 요란하게 관문을 공격하여 함락시키고, 나중에 파견된 강자들에게 패배한다. 그사이 방비가 허술해진 왕도에서—— 별동대가 황녀를 탈환.

"에이브 노사? 의식 마법의 준비가 끝났습니다."

"음. 거리가 좁혀지면 끝장……이니까."

우리는 엘프족에 전해지는 광범위 공격 마법을 준비하고 있었다.

총 2백 명의 마법사를 동원하여 의식 마법으로 관문을 날려버릴 생각이다.

당연히 대규모 마력이 대기에 흐르고 있다. 육탄전을 더 선호하는 자들이라고 해도 이 정도 규모라면 우리의 움직임을 파악했을 것이다.

아마 의식 마법이 발동하기 전에 우리를 공격하고 싶겠지.

아니나 다를까, 수인들이 일제히 관문에서 뛰쳐나왔다.

"그냥 다가오게 놔둘 생각은 없지만."

나는 바닥에 그려진 마법진의 중심에 섰다.

"그나저나 너희들…… 마력 조작 실력이 이게 뭔가……."

"에이브 노사와 비교하면 저희의 술식은…… 아이나 마찬가지지요."

"그럼 마무리는 내가 하겠네."

나도 옛날에는 A랭크 모험가로서 각지를 돌아다니던 시절이 있었다.

세계를 돌며 견문을 넓히는 것이 목적이었다.

"과연 에이브 노사입니다. 의식 마법으로 올라간 이 정도의 마력 에너지를…… 자유자재로 조작하다니……."

"정말 촌스러운 술식이로구먼…… 이래서는 너무 늦겠어. 수인들이 먼저 도달할 게야."

"아니요, 저희는 대대로 전해지는 의식 마법 방법에 따라……."

"바로 그것이 촌스럽다는 말일세. 조금 술식을 바꿔야겠어."

어디 보자…… 나는 대기에 구축된 마법식을 바라보았다.

흐음. 과연 대대로 전해지는 술식이다. 촌스럽기는 하지만 복잡하고 완성도가 높다.

"허나 역시── 조금 아름답지 않구먼."

나는 술식을 수정해나갔다.

"이것으로 3할 정도는 앞당겼겠지."

"과연 숲의 현자……. 엘프족의 긍지라 일컬어지는 그 힘……
듣던 것보다 훨씬 훌륭하시군요."

"뭐, 나는── 천재니까."

"하하, 노사라면 스스로 그렇게 칭하셔도 아무도 이의를 제기
하지 않을 테니 부럽습니다. 그러나──."

우리 눈앞에 수인 무리가 다가오고 있었다.

이쪽의 선두와 그들 사이의 거리는 100m도 되지 않는다.

"──앞으로 몇 초만 지나면 마법진의 선두에 닿게 됩니다. 그
러면 만들어낸 마법식과 모은 마력도 흩어지겠지요."

그 말에 나는 씩 웃었다.

"일부러 그런 걸세."

"……?"

"아슬아슬하게 끌어들이는 게 효과가 좋아. 그리고 그 순간 발
동되도록 술식을 바꾼 게야."

수인들의 척후가 우리 마법진의 선두에 접어들려는 순간──.

"마하 가이아(극화염)!"

엘프족의 주특기인 술식 마법이 작렬했다.

눈 부신 빛에, 마법을 쓴 우리조차 눈앞이 아찔했다.

그리고 고막이 찢어질 듯한 굉음이 울려 퍼졌다.

마법진의 선두에서 전방을 부채꼴 모양으로 태워버리는 극대 마법.

S랭크 초마법사의 마법에 필적하는 위력이다. 그 누구도 쉽게 막아내지 못하리라.

곧 폭발로 인한 연기가 걷히고——.

"이럴…… 수가?"

쓰러진 건 가장 앞에서 달리던 선두뿐. 적의 1할에 불과했다.

"어째서지? 관문에 주력을 모아둔 겐가?"

S랭크가 상대라면 이 마법으로도 한 방에 처리할 수는 없다.

쓰러진 건 B랭크 나부랭이들뿐. A랭크도 상처를 입었을 뿐, 얼마든지 싸울 수 있는 상태였다. S랭크는 말할 것도 없고.

반면 이쪽 병사들은 기껏해야 C랭크 수준.

물론 모두가 역전의 용사이기는 하지만, 힘의 차이가 너무 크다.

"그 패전의 반복…… 이로구먼. 어른과 아이의 싸움일세. 상대가 못 돼."

나는 옆에 선 남자를 향해 방도가 없다는 듯 어깨를 으쓱했다.

"뭐, 어쨌든 이것은 우리의 긍지를 보여줄 뿐이지, 알고 있던 결과 아닙니까."

"이 저항이 후에 엘프 후손들의 상황을 개선하는 데 조금이라도 도움이 된다면…… 그것으로 충분하네."

"우리가 이빨을 지닌 민족임을 수인에게 보여줄 수 있다면……."

"음, 너무 엘프를 우습게 보면 다칠 수 있다는 걸 깨닫게 해줘야지. 허나 그를 위해서는 예정된 패전이라고 해도 좀 더 녀석들에게 따끔한 맛을 보여줘야 하네만——."

뭐, 이렇게 된 이상 어쩔 수가 없다.

"난전 준비를 하게. 여기서 맞부딪칠 수밖에 없으니."

엘프의 주 무기는 마법과 활.

숲에서 싸우는 것에 특화되었고, 나무를 이용하여 기발한 공격을 특기로 한다.

평원처럼 탁 트인 곳에서 싸우려면 대규모 마법으로 초장에 상대를 꺾는 수밖에 없다.

그리고 이번에는…… 중요한 첫 공격이 수포가 되고 말았다.

"싸움이 성립될지도 의심스럽습니다만."

"뭐, 원래 우리는 죽지 못해 사는 것 아니었나."

"9년 전 그날—— 동포와 함께 죽지 못한 것 말이지요."

"맞네. 우리는 죽어야 할 때 죽지 못했네. 허나 황녀를 구한다는 명분으로 죽는다면 9년 전 그날 쓰러진 동포들도 용서해주겠지."

그때 쓰러진 척후 뒤에 대기하고 있던 집단이 파도처럼 밀려들었다.

우리와의 거리 차이는 100m 내로 접어들었다.

음. 너나 할 것 없이 말 그대로 야수와 같은 눈빛이다.

딱 좋은…… 나쁜 놈에게 걸맞은 낯짝이군.

——의미 없이 살아온 나의 최후를 알리는 사신으로 딱 좋다.

"자, 마지막 싸움일세."

"네, 함께 하시죠."

그러며 남자…… 이 자리의 총대장인 황제의 동생이 힘껏 외쳤다.

"한 사람당 하나씩 죽여라! 힘의 차이는 기합과 각오로 뛰어넘어라! 발하라의 영령들께 부끄럽지 않도록—— 전군, 전진!"

우렁찬 함성이 울려 퍼졌다.

"그런데 총대장, 역량의 차이는 근성으로는 해결되지 않네만?"

"알고 있습니다. 그러나 적어도 죽는다면 용감하게—— 그러기 위해서는 사지로 나가야 하겠지요."

힘의 차이가 너무 뚜렷하다.

이대로는 그냥 죽어 나갈 뿐이다.

흠…… 나는 달려드는 50명 이상의 수인을 둘러보며 마지막으로 실력을 따져보았다.

가뜩이나 적이 더 강한데 엘프의 이점은 하나도 살리지 못했다. 승산이 거의 없다.

그러나 저들도 불사신은 아니다.

녀석들도 B랭크 녀석들은 거의 만신창이가 된 상태…….

마하 가이아를 다시 한번…… 쏠 수 있다면 B랭크 정도는 단숨에 없앨 수 있을 텐데…….

그때 총대장이 검을 높이 들고 마지막 호령을 전군에 전하려고 했다.

"전군 돌격——."

그때—— 양군 사이로 하얀 후드를 쓴 하늘색 머리 소녀가 끼어들었다.

"금색 포효!"

아까 우리가 쓴 마하 가이아보다 강력한 빛과 소음이 일대를 감
쌌다.

나는 압도적인 위력에 입을 다물지 못했다.

"이, 이것은 용마법?!"

"……잔챙이는 모두 소탕했어. 류토."

"금색 포효를 버티다니, 생각보다 대단한데."

어느새 하늘색 머리 소녀의 옆에 서 있던 검은 머리 소년이 태
연한 얼굴로 말을 이었다.

"A랭크가 열 마리. S랭크가 세 마리인가."

그러며 소년이 하늘색 머리 소녀의 어깨를 톡 두드렸다.

"릴리스. S랭크 이상은 내가 처리할게."

"……알겠어."

"혹시 A랭크 놈들이 빠져나가면…… 저기 할아버지와 협력해서
대처해."

그러자 릴리스라 불린 소녀가 나를 보며 고개를 끄덕였다.

"……결국 이렇게 되었어."

그때 소년이 유유히 서 있는 수인들의 중심── 강자 중의 강
자를 향해 걸어가기 시작했다.

"이보게, 소년! 혼자서 저들과 싸울 셈인가?"

"그래, 혹시라도 내가 놓치면 릴리스와 협력해서 쓰러뜨려 줘.
A랭크 정도는…… 너희가 힘을 합치면 쉽게 대처할 수 있을 거야."

얼핏 보고 나의 역량을 파악한 모양이다.

그러나 이 소년이 내는 기척과 살기는—— 전혀 끝이 보이지 않는다.

예전에 견문을 넓히기 위해 전 세계를 돌아다녔으나…… 이런 일은 용왕과 알현했을 때 이후인가…….

"자네는 대체……?"

그러자 소년이 수인들에게 가며 뒤를 향해 손을 흔들며 말했다.

"류토=맥클레인. 마을사람이야."

——전장에 나찰이 나타났다.

검을 휘두르면 수인이 시체로 변해 날아갔다.

그게 A랭크든 S랭크든 똑같이.

대담하게 종횡무진으로 움직이며 마치 아무 장애물이 없는 벌판을 달리듯이 전장을 누볐다.

나찰의 검은 전장에 죽음의 비를 내렸다.

수인이 가하는 공격은 나찰의 전광석화 같은 움직임에 전혀 따라가지 못했다. 그저 허무하게 허공을 가를 뿐이었다.

"……저건 대체…….”

수인의 절반이 순식간에 사라졌다.

말도 안 된다. 아니, 있어서는 안 될 일이다.

나도 S랭크의 모험가와 함께 싸운 적도 있고, 위에는 위가 얼마든지 있다는 것도 알지만, 저건——.

——저 남자의 힘은 차원부터가 다르다.

어이가 없을 만큼.

"노사…… 제가 꿈이라도 꾸고 있는 것입니까?"

"아까부터 나도 시험하고 있네."

"시험하고 있다고요?"

"이건 꿈이 아니야. 보게나. 너무 아프네."

그러자 총대장이 나를 보며 킥킥 웃었다.

"네, 꿈이 아닌 모양입니다."

그렇다.

나는 아까부터 볼을 힘껏 꼬집고 있다.

——아프다. 너무 아파.

그러니 이것은 꿈이 아니다.

"그럼 저건 무엇이란 말입니까, 노사?"

"……인간은 아니겠지."

눈앞의 상식 밖 광경에 그저 우리는 숨을 죽이고 있을 수밖에 없었다.

"아무래도 다양한 방식을 동원해 전투 능력을 크게 강화한 모양이로군요."

"당연하네. 기본 스테이터스만으로 저렇게 되는 것은 그야말로 신조차 불가능하니까."

"그럼 어떠한 술식으로?"

나는 그의 몸에 감도는 수십 겹의 투기와 불길한 기운, 신성한 빛의 분석을 시도했다.

"오오, 그것은…… 처음 본 마법이라도 순식간에 분석하여 특성을 밝혀낸다는 선명의 마안입니까?"

나는 고개를 끄덕였다.

"저 술식들은 대체 무엇입니까?"

흠…… 나는 태연한 얼굴로 대답했다.

"……전혀 모르겠네."

"마안으로도 해석할 수 없다는 말씀입니까?"

"한낱 엘프가 인간의 영역을 벗어난 괴물을 가늠할 수 있을 리 없지. 아무래도 지금 우리는 절대적인 무언가의 가호를 받은 모양이네."

그때 하늘색 머리 소녀가 한숨을 쉬며 끼어들었다.

"……딱히 우리는 당신들 편이 아니야."

"그런가? 그럼 대체 무슨 목적으로 이러는 건가?"

"……수인국에 쳐들어갈 뿐. 그것도 그저 우리 사정이니까, 딱히 당신들을 도울 생각이 없어."

나는 껄껄 웃었다.

"그렇다면 자네들의 싸움에── 묻어가도록 할까."

하늘색 머리 소녀가 다시 깊은 한숨을 내쉬었다.

"……그럴 줄 알았어."

그리고 어느새 그 자리에 있던 모든 수인이 고깃덩어리가 되었다.

"릴리스, 가자!"

소년의 말에 하늘색 머리 소녀가 고개를 끄덕였다.

"……수인국의 왕실까지── 정정당당하게 똑바로."

소년과 소녀가 수인의 왕도를 향해 걷기 시작했다.

하지만.

지금까지 이만한 힘을 지닌 소년에게 전 세계가 주목하지 않았을 리가 없다.

S랭크를 훨씬 뛰어넘은 전력이 갑자기 공식 무대에 얼굴을 드러낸 것이다.

──이거…… 세계가 혼란스럽겠는걸.

뭐, 괜찮나.

나와는 상관없고. 아무튼…… 묻어갈 수 있다면 이용해야 한다.

그렇게 우리는 소년에게 따르듯 그의 뒤를 걸었다.

사이드: 류토=맥클레인

수인국의 왕도로 곧장 향하며 평원을 걷던 중, 릴리스가 당혹스러운 표정으로 입을 열었다.

"……류토?"

"왜 그래, 릴리스?"

"……왠지…… 엘프가 엄청 늘어났어."

뒤를 보자 아까까지 백여 명 남짓이던 엘프가 어느새 천여 명이 되어있었다.

리즈가 곤란한 듯 한숨을 내쉬었다.

"류토 오빠가…… 일직선을 고집한 탓이라고 생각해요."

"뭐, 나도 그렇게 생각해."

똑바로 나아가는 길에 노예상 창고와 감옥이 있었다.

내가 대규모로 설비를 파괴하며 나아가다 보니, 내 뒤를 따라오던 사람들이 노예와 수감자를 해방해준 것이다.

엘프는 숲에서 사는 만큼 한명 한명 사냥이 능숙하다.

마법 적성도 높아 대부분 어느 정도 마법 실력도 갖추고 있다.

──즉, 전투민족이다.

감옥에 있었든, 노예가 되어있었든, 무기를 쥐면 즉시 병사가 되었다.

"모두 류토 공의 덕택입니다. 동포를 고작 몇 시간 만에 이만큼 대대적으로 해방할 수 있다니."

펠리스가 생글생글 웃으며 말했다.

"음. 그렇다네, 펠리스 양. 이 도령은 거의 요괴일세."

"아니, 그러니까 나는 딱히 너희에게 협력하는 게 아니라니까?"

내가 뒤를 돌아보자 엘프 군세에서 환호성이 들렸다.

"무신님이 이쪽을 보셨다!"

"함성으로 대답해!"

"구세주! 무신님!"

"무신! 무신! 무신!"

이거 참 대단한 인기다.

아니 뭐, 결과적으로 구해준 게 되긴 했지만 말이지?

"뭐야, 무신이라니…… 과장이 너무 심하잖아."

"아니, 정말 류토 공 덕분입니다. 아니지요, 이것은 분명 신의 뜻이겠지요. 최후의 최후에 이르러…… 이런 기적을 저희 곁에 보내셨으니까."

"아니, 과장이 아닐지도 모르지. 이 도령이 화신일지도 모르는 거 아닌가."

드디어 신 이야기까지 나왔다.

나는 뒤에 있는 엘프들을 보며 한숨을 쉬었다.

"이거 장관이군."

"무슨 말이에요, 류토 오빠?"

"뭔가, 어딘가의 총대장처럼 되었잖아."

"네, 그러네요."

"마을사람에겐 신선한 광경이라고."

그러자 릴리스가 어이가 없다는 듯 어깨를 으쓱했다.

"……지금까지 류토가 안 했을 뿐이지, 하려고 하면 수십만 군세도 만들 수 있었어."

뭐, 그럴지도 모르지만.

그때 나는 평원에 우뚝 서 있는 탑을 발견했다.

거리로는 10km쯤 될까. 어림해보니 높이는 150m 정도 되는 것 같다.

"저건 뭐지?"

"의식의 탑일세, 도령."

"의식의 탑?"

"지금은 수인의 땅이지만 여긴 원래 엘프의 영토였던 곳이네. 대규모 의식 마법을 다룰 때 쓰던 제단이지. 수인국 왕도를 견제하기 위한 군사시설일세."

"그렇구나. 참, 여기서 수인 왕도까지는?"

"그 탑에서 4km 정도일세."

나는 릴리스에게 말을 걸었다.

"아다만타이트와 오리하르콘이 아이템 박스에 남아 있지?"

"……세계의 끝을 돌아다닐 때 대량으로 주워놨으니까."

"좋아, 그럼 간다. 목표는 저 탑이야."

"……어쩌려고?"

"첫인사는 역시 화려한 게 좋잖아?"

그러자 릴리스는 내가 무엇을 하려는지 이해한 듯 킥킥 웃었다.

사이드: 수인왕

──다소 꺼림칙한 아이였던 것을 기억하고 있다.

현자라 소개한 그 아이의 방문 이유는 세계연합에서 수인국을

209

시찰하라는 것 때문이었다.

아인인 우리는 인간족과 교류하지 않는다.

그러나 우리나라는 그저 변경의 소국에 불과하다. 세계연합에 찍혀 좋은 일이 없다.

시찰을 받아들인 우리는 며칠간의 체재 기간 현자 모제스에게 최고의 대접을 했다.

그리고 나는 악마…… 아니, 신에게 선물을 받았다.

"십이신장이…… 하룻밤 만에 S랭크로? 당신은 대체?"

영빈실에서 홍차를 마시며 신은 우아한 동작으로 안경을 오른손 검지로 밀어 올렸다.

"설명해드린 대로 평범한 현자입니다. 다만 뭐, 진화 연구를 조금…… 말이지요."

"진화? 대재앙과 관련이 있는 연구입니까?"

그러자 모제스라 소개한 현자가 고개를 가로저었다.

"네, 그렇습니다. 다만 저의 연구는 대재앙 그 자체는 아닙니다. 인간족의 진화입니다."

"인간족의 진화라고요? 예를 들어 평범한 마을사람이 현자가 되는…… 그런 것입니까?"

쓴웃음을 지으며 모제스…… 신이 웃었다.

"아니요, 그보다 앞서는 것입니다. 예를 들어 용사를 진화시킨 경우에 무엇이 일어나는가. 인류의 궁극적인 도달점이 어디에 있을까. 이 세계가 재현할 수 있는 판타지는 어디까지일까…… 뭐, 그런 연구입니다."

"……판타지? 저는 잘 모르는 세계입니다만."

"몰라도 됩니다. 아무튼, 하등한 생물일수록 진화가 쉽거든요. 마물, 아인, 그리고—— 인간."

그 말에 나의 귀가 쫑긋 움직였다.

"아아, 이거 실례. 결코, 아인을 차별하는 것이 아닙니다. 생명의 순리에서 벗어날수록…… 시스템을 역이용하는 진화의 비술을 쓰기 쉬워지거든요."

"역시 저는 잘 모르는 세계로군요."

그러자 신이 회중시계를 꺼내며 한숨을 쉬었다.

"너무 말이 많았군요. 저는 바빠서."

그러며 일어나 신이 퇴실하려고 했다.

"힘을 전수해주셔서 감사합니다. 이것으로 철천지원수인 엘프 국을 짓밟을 수 있겠군요. 보답은 어떻게 해드릴까요?"

신이 돌아보며 피식 웃었다.

"지금은 필요 없습니다. 혹시 나중에 무언가 일을 부탁할 수도 있긴 합니다만. 많은 인원을 움직여야 한다던가 같은."

"그때는 무엇이든 시켜만 주십시오."

"지금은 새로운 힘을 마음껏 쓰도록 하시지요. 마음이 가는 데로, 여러분 자신이 생각하는 대로."

"그 말씀은?"

"그 힘의 사용법을 확인하는 것 또한 저의 연구입니다. 인간이란 종족의 본성이 어디에 있는지, 역시 근원의 존재가 정한 규율에 따라야 할지 말지—— 그것을 확인하고 싶습니다."

그 뒤로 얼마 지나지 않아 우리는 엘프국을 멸망시켰다.

그렇게 엘프국을 짓밟은 우리의 영화는 정점에 달하게 되었다.

일찍이 우리를 야만인이라며 경멸하고 심부름꾼이나 일꾼으로 다루며 차별한 엘프들.

그런 그들이 지금은 우리의 성노예가 되고, 농노가 되었다.

또한 황녀를 가지고 놀기 위해 왕궁으로 들였으나──.

──설마 내 아들이 이렇게까지 어리석을 줄은 몰랐다.

지금 우리 왕궁의 대광장에는 오늘 처형을 보기 위해 수인 병사가 3천 명이나 모여 있다.

광장 중심에는 단두대가 설치되었고, 그 앞에는 수인 남자와 엘프 여자가 밧줄에 묶여 무릎을 꿇고 있다.

"정말 나의 아들이지만 너무도 어리석구나. 설마 엘프 따위에게 진심이 될 줄은……."

"아버님. 생각을 바꾸어 주십시오. 저희는 함께 숲에 사는…… 이웃이 아닙니까."

"엘프족은 우리를 오래도록…… 박해해왔다. 그리고 우리도 그들을 박해했다. 서로 증오가 극한까지 달했어. 이제 수복 따위는…… 불가능하다."

그러자 엘프 황녀가 나에게 애원했다.

"아버님! 저희의 딸…… 딸만은 자비를!"

나는 엘프 황녀의 얼굴을 걷어찼다.

"너 따위가—— 미천한 게 감히 아버지라고 부르지 마라."

엘프의 아름다운 입에서 피가 뚝뚝 흘러 바닥을 적셨다.

그리고 나는 아들의 앞에 섰다.

"수인과 엘프의 융화를 꾀하다니…… 헛소리를. 왕족이 그래서는 다른 자에게 본보기가 되지 않아."

나는 주위를 둘러싼 수인 용사 3천 명에게 시선을 보냈다.

"왕의 거듭된 경고를 무시하고, 잘도 멋대로 했더구나. 왕족이라 해도 처단은 면할 수 없다. 뭐, 친족이기에 고문은 하지 않으마. 최소한의 자비다."

내가 손가락을 딱 울리자, 병사들이 두 사람의 목덜미를 잡고 단두대로 끌고 갔다.

"후하하…… 내 말을 듣고 엘프 사이에 낳은 아이를 모멸적으로 대했다면 이러한 말로는 도달하지 않았을 텐데."

"각 부족장에게 딸을 접대시키라고? 웃기지 마시지! 리즈를 수인국 승리의 상징으로…… 엘프를 짓밟은 증거로 삼을 수는 없어!"

나는 단두대에서 목만 내밀고 있는 아들 앞에 서서 바지에서 물건을 꺼냈다.

그리고 소변을 누었다.

"미안하군. 설령 왕족이라고 해도 왕에게 거스르는 자는 반역자로서 이와 같은 취급을 당한다는 것을 모두에게 보여주어야 하거든."

나의 입가에 미소가 번지는 것은 도저히 숨길 수 없었다.

아무래도 본심을 숨기고 표정을 꾸며내는 것이 서툰 모양이다.

아무리 아들이 상대더라도── 가학은 즐겁다.

실제로 학살왕이라 불리는 나라도 아들에게 좋아서 이런 짓을 할 의도는 없었다.

그러나 직접 해보니 즐거워서 참을 수가 없다.

그날── 모제스 신이 준 진화의 비술을 받고 S랭크의 벽을 돌파했을 때부터 나 자신도 무언가 이상하게 변했다.

아니.

우리는 솔직해졌을 뿐이다.

모제스 신이 뇌를 건드린 뒤…… 욕구를 숨기지 않게 되었다.

나의 소변을 머리에 맞으며 아들이 토해내듯이 말했다.

"……쓰레기 같은."

"그럼 슬슬 마무리할 때로군. 무언가 할 말은 있나?"

"딸은?"

"여러모로 손을 썼지만, 끈질기게 살아 있어."

그러자 아들이 안도한 듯 한숨을 내쉬었다.

"뭐, 십이신장에게 죽이라고 시켰지만. 일이 이렇게까지 커지고 말았으니 살려둘 수 없게 됐다. 그건 존재 자체가 문제니까."

"친손주에게…… 그렇게까지 하는 건가?"

이쪽을 노려보는 아들에게 나는 고개를 가로저었다.

"그건 손주가 아니야. 엘프와 섞인 것은 친족이 아니니."

그리고 나는 오른손을 들었다.

"그럼 작별이다. 안타깝구나── 나의 아들아."

단두대가 올라가 위에서 밧줄로 고정되었다.

이제 밧줄을 자르면 아들과 엘프의 처형도 끝난다.

"뭐, 내 아들은 너 말고도 열은 더 있으니까. 널 대신할 아이는 얼마든지 있다는 거다── 하하하!"

내가 손가락을 튕겨 신호를 보내면 끝이다.

그때 광장에 모인 나의 동포들이 함성을 질렀다.

"죽여라!"

"배신자에게 숙청을!"

"엘프를 죽여라!"

"죽여라!"

"죽여라!"

음.

관객도 들뜬 모양이다.

그럼 흥이 최고조로 올랐을 때 해볼까.

"자, 단두대를 떨어──."

휘익!

바람을 가르는 소리와 함께 무언가가 날아와 단두대의 상부가 날아가 버렸다.

휘익!

휘익!

휘익!

뒤를 이어 차례차례 무언가가 날아왔다.

휘익!

대광장의 분수가 폭발했다.

휘익!

대광장에 있던 나의 동상이 폭발했다.

휘익!

나의 발밑—— 몇 미터 앞의 지면이 폭발했다.

"뭐야, 이게?!"

바닥이 움푹 파이면서 파편이 이쪽으로 날아왔다.

정신을 차리고 다시 보니 바닥이 폭발한 게 아니라 아다만타이트 같은 주먹만 한 광석이 하늘에서 떨어지는 중이었다.

휘익!

광장에 모여 있던 수인 병사들에게도 광석이 쏟아졌다.

휘익!

수인 병사의 손이 날아갔다.

휘익!

수인 병사의 발이 폭발하여 흩어졌다.

휘익!

수인 병사의 머리가 수박이 터진 것처럼 뇌와 고깃덩어리의 붉은 꽃을 피워냈다.

휘익!

휘익!

휘익!

휘익!

휘익!

휘익!

차례차례 하늘에서 내리는 사신.

마치 비가 들이치듯이 엄청난 기세로 그 자리에 있는 자에게 죽음을 선고해나갔다.

"이, 이, 이게 무슨 일이냐?!"

내가 당황할 정도이니 병사들의 동요는 대단했다.

앞다투어 광장에서 도망치려고 출구로 몰리는 것이 보였다.

그리고 출구 부근에서 정체가 발생하여 먼저 나가기 위해 밀어내고 때리는 상황.

쓰러진 수인을 짓밟고, 또 짓밟은 수인이 쓰러지고 다음 수인이 그 위를 넘어가려고 하였다.

바로 넘어진 수인으로 산이 만들어지고 또 그 산 위에서 밀어내고 때리며 완전히 혼란에 빠졌다.

엉망진창으로 뒤섞여 아비규환에 빠진 지옥과 같은 광경이다.

"에잇, 다들 겁을 먹어서는…… 이 바보 같은 놈들!"

그때 나는 광석이 한 방향에서 날아오는 것을 발견했다.

"의식의 탑에서…… 폭격이라고!"

그리고 보니 엘프 레지스탕스가 결집했다는 정보가 있었다.

놈들이 의식의 탑을 탈환하여 새롭게 대규모 마법이라도 쓰는 건가?

나는 수인의 시력을 살려 탑을 노려보았다.

의식의 탑 옥상에서 하늘색 머리의 소녀에게 광석을 건네받은 소년이 엄청난 기세로 이쪽에 광석을 던지고 있었다.

"아니?! 5km나 되는 거리를 정확히 노려서 던진단 말인가?!"

그 뒤에 소년은 가방을 메고 그대로 옥상에서 이쪽을 향해 도약했다.

소년이 무엇을 하려는지 모르겠다. 다만 투신자살을 하려는 것은 아닌 듯하다.

아무튼 소년은 이쪽을 향해 크게 뛰어올라 저 위에서—— 가방에 담긴 광석 산탄을 끊임없이 쏘아댔다.

——4km.

소년의 투척한 광석의 회전속도가 더욱 빨라졌다.

주위를 보니 벌써 천이 넘는 수인이 시체로 변해 있었다.

나머지는 출구로 몰려들어 거기서 난리를 치고 있다. 사망자도 상당히 나왔을 것이다.

——3km.

광석이 차례차례 쏟아져 내렸다.

두두두두두두두두두두두두두두.

그야말로 죽음의 빗소리가 울려 퍼졌다.

——2km.

나는 경악했다.

저 죽음의 비는 내 반경 5m를 피해 날아오고 있었다.

저 소년이 내가 왕이란 걸 알아채고 일부러 그러는 것이다.

도합 서른 개의 작은 크레이터가 합쳐져 거대한 크레이터로 그려진 원이 만들어졌다.

——1km.

놈은 5km나 되는 거리를 한숨에 건너오고 있었다.

이미 상식은 깨졌다. 다릿심이 대단하다든가 하는 차원이 아니다.

그리고 녀석은—— 노리고 있다. 확실히 나를 노리고 있다.

——200m.

저게 진정 인간일까?

그런 생각이 머릿속에 떠올랐다.

이만큼 이해가 안 가는 짓을 저지를 수 있는…… 그렇다, 저것은 마인이다.

그런 마인이 눈앞까지—— 다가왔다.

——50m.

서로 표정이 보일 만한 거리가 되었다.

마인이 나를 보자마자——.

——그리고.

흙먼지를 내며 착지한 소년이 씩 웃었다.

"꽤 웃지 못할 이벤트를 준비해줬던데?"

경악하여 말도 나오지 않는 나를 소년이 노려보았다.

"백배로 갚아 버릇을 고쳐줘야겠어. 사양하지 않아도 되니 받아둬."

나를 지켜야 할 병사들은 출구에서 아우성치는 중.

십이신장도 엘프의 숲과 주변 평원에 나가 있다.

날 지킬 병사가 없다.

하지만, 그뿐이다.

여기까지 쳐들어올 실력은 되는 모양이지만, 그는 아직 모른다.

그렇다.

──나 또한 S랭크라는 걸.

그렇게 소년은 불손한 태도로 나에게 가슴을 펴고 이렇게 말했다.

"너에게 몇 가지 질문이 있는데."

"질문?"

그래, 하며 소년이 고개를 끄덕이고는── 충격적인 말을 내뱉었다.

"앞으로 대화하며 이 이상 나를 불쾌하게 하면 손가락을 하나씩 부러뜨리겠어."

뭐라고?

이 소년은 대체 무슨 말을 하는 것일까.

나는 왕인데? 왕에게 그런 태도가 용납될 리가 없다.

"왜 리즈를 건드렸지?"

"리즈? 그게 누구냐?"

"이름조차 몰라? 그런데…… 잘도 이렇게까지 했구나── 이 자식아!!"

화를 내며 소년이 나의 오른손을 붙잡았다.

뿌리치려고 했으나 마치 공간에 고정된 것처럼 움직이지 않았다.

설마 이 소년…… 나는 이를 갈았다.

이 소년 또한 S랭크의 영역에?

당황한 나는 입을 크게 벌려 수인의 가장 강한 무기인 이빨로 소년의 머리를 깨물었고──.

──뚝.

가장 강한 무기가 부러져 바닥에 핏자국을 내며 뚝 떨어지고 말았다.

뭐지?

지금 이게 무슨 상황이지?

방어술식이나 스킬을 쓴 것도 아닌데, 대체……? 마치 S랭크가 잔챙이를 상대하는 것 같은 그림이지 않은가.

"부러졌는데…… 어떡할래?"

소년이 씩 웃으며 오른손을 비틀었다. 그러자──.

뽀각.

앙상한 나무가 부러지는 듯한 가벼운 소리가 울려 퍼졌다.

"갸악! 갸악! 갸아아악! 새, 새, 새끼손가락! 새끼손가락이이!"

소년이 살짝 한숨을 내쉬었다.

"아, 유감이네. 비명이 불쾌해."

뽀각.

이번에는 오른손 중지가 부러졌다.

그제야 나는 상황을 정확하게 파악했다. 틀림없다. 이 소년은 완전히 격이 다르다.

적어도…… 나 혼자서 어떻게 할 수 있는 존재가 아니다.

압도적인 강자의 압박이 마치 뱀이 노려보는 듯한 느낌이라 나의 기력은 급속하게 수그러들었다.

"큽……."

나는 왼손으로 입을 막았다. 고통 때문에 비명을 지르면 다시 손가락이 부러질 것이다.

"이거 또 유감이네. 고통을 참는 네 얼굴이 천박해서 불쾌해."

"억지 부리지…… 아앗…… 아흑!"

이번에는 오른손 약지가 부러졌다.

"어이쿠, 계속하다간 부러뜨릴 손가락이 모두 없어지겠어. 다음 질문이다. 어째서…… 오르토를 죽였지?"

오르토?

뭐지 그게?

악기인가?

"오르토……라니?"

"네놈의 명령으로 죽은…… 내 가족이야!"

"아흐악!"

이번에는 엄지가 부러졌다.

"비명이 재미있네. 하나 더."

"약속과 다르잖아아아아악——!"

검지가 부러지며 이것으로 오른손은 모두 부러졌다.

"나에게 이런 짓을 하고 무사할 줄 아느냐?! 네가 멋대로 굴 수 있는 것은 우리나라의 최강 전력…… 십이신장이 이 자리에 없기 때문이다. 그들이 돌아오면 넌 끝이야. 이 자리에서 도망쳐 무마하려고 해도 지옥 끝까지 쫓아갈 테니까!"

그러자 소년이 품에 손을 넣어 작은 자루를 꺼내 나에게 던졌다.

"열어 봐."

시키는 대로 한 손으로 입구를 열었고, 나는——.

"히야악……?!"

안에는 열 개가 넘는 손가락들이 들어 있었다.

"상황에 따라 교섭에 쓸 수 있을까 해서 가져왔어. 아, 혹시 그게 십이신장이었나? 숲에서 네 마리, 평원에서 어슬렁거리는 걸 여덟 마리 잡았는데."

"이……럴……수가……?"

끝장이다.

이제 다 끝났다.

완벽하고 철저하게…… 모두 끝났다.

있을 수 없는 일이다. 아니, 이런 일이 있어서 될 일이 아니다.

어째서 이렇게 되었지?

오래도록 염원하던 엘프국을 공격하여 멸망시키고, 절정의 영화를 누리던 내가── 어째서? 왜 이런 꼴을 당하고 있지?

"다음 질문이다. 왜 수인과 엘프 사이에 태어난 딸을 죽이려고 했지?"

"방해되니까……."

"질문을 바꾸지. 그럼 왜 두 사람 사이에 태어난 딸을 지금까지 살려두었지? 끔찍한 일이지만, 억지로 낙태시키는 방법도 있었을 텐데?"

"엘프 황녀도 수인족의 손아귀에 있다고…… 엘프 하층민을 정신적으로 복종시키기 위한 상징으로 쓸 수도 있을 것 같아서……."

"한마디로 네놈이 멋대로 이용하려다 방해가 되니 버렸다는 뜻으로 받아들이면 되겠네?"

"아, 네…… 네."

그러자 소년이 깊은 한숨을 내쉬었다.

"──더할 나위 없이 불쾌해."

"어?"

"위쪽 앞니…… 가져간다?"

"하걱?!"

소년이 코 밑을 딱밤으로 때렸다.

입속에서 화약이 폭발한 듯한 충격.

혀로 확인하자 소년의 딱밤으로 위쪽 앞니가 두 개가 박살 난 듯했다.

"……다, 당, 당신의 목적은…… 무엇입니까?"

그러자 소년이 잠시 생각에 잠기더니 우울한 표정으로 어깨를 으쓱했다.

"그냥 개인적인 복수."

"하으…… 아…… 개…… 개인적인 복수……?"

"그래. 이쪽은 가족—— 애완동물 오르토로스도 죽었으니까."

다시 딱밤.

"으아악!"

이번에는 아랫니가 몽땅 빠졌다.

온몸에서 식은땀이 분출하고, 고통 때문에 구토감까지 일었다.

그 자리에 쓰러져 몸을 거북이처럼 웅크리고 울먹이며 애원했다.

"……이제…… 제발…… 그만…… 그만하…… 십시……."

"나쁜 놈에게 베풀 자비란 없어."

"그, 그…… 그런……!"

"나는 나의 소중한 것을 건든 녀석을 용서하지 않아. 그것도 흉악한 짓을 저지르는 놈들은 봐주지 않겠어. 철저하게 한다—— 단지 그것뿐이야."

올려다보니 소년의 분노어린 표정이 보였다.

그리고 소년은 크게 주먹을 쳐들고——.

"그러니 네놈은 지금 당장 죽어."

사이드: 엘프 황녀 여기사 펠리스=맥이완

엘프 군세 총 수천을 이끌고 우리는 수인국 왕도로 들어갔다.

무신님이 단기 돌파를 감행한 덕분에 왕도의 문지기를 물리친 뒤에는 아무도 없는 들판을 가는 것이나 마찬가지였다.

이미 들은 정보대로 우리는 일직선으로 나아가 황제의 처형장이 있는 대광장으로 향했다.

광장의 입구에는 무수한 시체의 산이 쌓여 있었는데, 어찌나 많은지 치우지 않으면 지나갈 곳도 없을 정도였다.

그리고 광장에 들어가자마자 나는 떨리는 목소리로 말했다.

"이…… 이것……은?"

"정말 화신 같구면."

에이브 노사의 말에 나는 전율하며 동의했다.

이미 대부분의 수인 병사는 도망친 뒤라 남아 있는 것은 미처 도망치지 못한 수백 명.

그리고 천이 넘는 시체뿐이다.

즉, 우리가 광장에 도착했을 때는 이미 모든 일이 끝난 뒤였다.

수인 군대는 이미 도망쳐 흩어져서 제 기능을 하지 못했다.

그때 나의 뒤에서 승리의 함성을 질렀다.

"오오! 무신님의 승리다!"

"승리다!"

"승리다! 우리의 승리다!"

"오래도록 당한 굴욕적인 시간은 끝났다!"

"참고 견디던 시간은 끝났다! 지금부터—— 숲의 현자인 엘프가 다시…… 이 땅의 패권을 쥐는 거다!"

입을 모아 환호하며 도망치지 못한 수인 병사들에게 다 같이 화살을 퍼부었다.

"기다려! 투항 의사 확인해야 한——!"

그러나 나의 말은 모두에게 닿지 않았다.

"죽여라!"

"죽여라!"

"수인을 죽여라!"

"살아남은 남자는 손발을 잘라 매달아라!"

"이 자리의 전투 요원을 죽이면 남는 건 백성뿐이다!"

"여자는 잡아서 성노예로!"

큰일이다…… 나는 이를 갈았다.

이 자리의 총대장인 황제의 동생…… 작은아버지가 목소리를 높였다.

"잔병을 토벌한 뒤 이 자리에서 대기하라! 우리는 숲의 현자다! 야만인인 수인과는 다르다!"

그러나 그 지시가 누군가에게 통하는 기색도 전혀 없이, 전원이 벌게진 눈으로 잔병에게 증오에 찬 화살을 계속 쏘았다.

"에이브 노사……?"

"큰일이야. 이래서는 안 돼."

"왜 이러는 거죠?"

"핍박받은 탓에 분노와 증오가 극에 달했네. 우리의 말이 들리지 않아."

"하지만 이대로는……."

"음, 이 자리의 잔병을 처리한 뒤에 민간인을 학살하고 강탈과 능욕하겠지. 그동안 쌓인 원한의 결과일세. 모든 것을 태우고, 빼앗고, 죽일 때까지—— 멈추지 않을 것이네."

"이 왕도가…… 지옥이 된단 말입니까?"

"그렇다네."

"어떻게 하면 막을 수 있을까요?"

에이브 노사가 체념한 듯 고개를 가로저었다.

"모두의 눈을 보게나."

주위를 둘러본 나는 모든 것을 깨닫고 체념한 표정을 지었다.

저것은 이미…… 엘프—— 아니, 지적 생명체의 눈이 아니다.

미움과 증오로 눈이 탁해지고, 더는 누구의 말도 들리지 않을 것 같았다.

"그러나 그냥 놔두면 저희는 수인이 그랬던 것처럼…… 아니, 그 이상의 잔혹한 짓을 벌일 텐데……."

"음. 그들과 마찬가지로 지옥 같은 세계에서 살게 되겠지. 허나 펠릭스, 자네 또한 저항조직을 만들었을 때부터 혹시 승리하게 된다면 이렇게 되지 않을까 처음부터 어느 정도 예상하지 않았는가?"

"검에 검으로 응전하면 피가 흐릅니다. 어차피 피로 물든 길이라는 뜻입니까?"

"눈에는 눈, 이에는 이. 이것은 증오로 서로 죽이는 일의 연쇄일세. 수인의 어리석은 행위는 그 이상의 어리석은 행위로 돌아오지. 이제—— 말이 통하지 않네. 우리에게는 사태를 지켜보는 길밖에 남아 있지 않아.”

에이브 노사의 말이 끝날 무렵, 광장에 남아 있던 잔존 병력이 모두 온몸에 수십 개의 화살이 돋아난 기묘한 오브제로 바뀌었다.

이어서 전원이 입을 모아 외치며 광장 출입구로 시선을 보냈다.

“시가지로 나가 수인을 죽여라!”

“몽땅 없애라!”

“죽여라!”

“죽여라!”

“죽여라!”

“죽여라!”

핏발이 선 눈으로 무기를 손에 든 전원이 출입구로 달려가려는 순간, 그 앞으로 그림자 하나가 뛰어들었다.

“오오…… 검은 머리의…… 무신님!”

“감사합니다! 덕분에 저희는 승리하였습니다!”

“이제 시가지 소탕전을!”

“구원자! 무신님!”

“무신! 무신! 무신!”

그러자 검은 머리 소년이 오른팔을 크게 쳐들어──.

──쿠와────앙!

온 광장이 떨릴 정도의 굉음과 함께 바닥에 반경 30m 크기의 크레이터가 형성되었다.

"거기까지다."

"무신님……? 왜 막으시는 겁니까……?"

"몇 번을 말하냐. 난 너희들 편이 아니야."

"……네?"

"이 이상 계속하면 뒤는 정말 어느 한 종족이 멸종하는── 철저한 제노사이드밖에 남지 않아. 그러나 그건 내가 용납하지 않겠어."

일동이 조용해졌다.

소년이 말을 이었다.

"이건 내 사정으로 움직였을 뿐이다. 나의 소중한 동생을 이딴 짓으로 울리는 놈은…… 누구든 용서하지 않아. 그것이 수인이든 엘프든 예외는 없어!"

그러며 소년이 나의 옆에 서 있는 작은아버지…… 이미 돌아가신 선대의 동생에게로 천천히 걸어왔다.

"엘프 리더 씨. 전쟁은 이제 끝났어."

"…………."

이어서 소년이 파괴된 단두대로 가 수인 남자에게 말을 걸었다.

"리즈의 아버지 맞아?"

"당신이…… 리즈를……?"

"그래, 사정이 있어서 지금은 내가 보호하고 있어."

그리고 소년이 수인의 옆…… 나의 언니에게 말을 걸었다.

"당신이 리즈의 어머니겠네."

"네……."

그리고—— 소년이 나에게 큰 목소리로 말을 걸었다.

"펠리스 씨! 리즈의 어머니는 당신의 언니라고 했지?"

이번에는 소년이 그 자리에 있는 사람들을 향해 머리를 꾸벅 숙였다.

"이곳에 양국의 통치자 진영이 모여 있어. 너희의 딸이며 조카를 위해…… 부탁이니 다들 사이좋게 지내줘. 아니, 사이좋게 지내지 않아도 좋아. 적어도 싸움은 그만둬."

다만—— 소년이 말을 이었다.

"이 이상 싸움을 계속한다면, 수인이고 엘프고 한꺼번에——이 류토=맥클레인이 사적인 감정을 담아 나의 소중한 가족인 리즈를 울리지 않기 위해——."

소년이 다시 주먹을 쳐들었다.

그리고 주먹으로 바닥을 때려 다시 거대한 크레이터를 만들어냈다.

"——언제든지 상대해주마!"

에필로그

"어디……."

일을 마친 나는 목을 뚝뚝 울리며 평원을 걸었다.

"……이 정도로 만족해, 류토?"

릴리스가 불만족스럽게 볼을 부풀렸다.

"왜? 너의 주문대로 뿌리째 뽑아냈잖아. 아니, 너도 혼자서 돌진하려는 것 좀 하지 마."

멋대로 앞서 나가서 혼자 해결하려고 하다니…….

너 혼자였다면 상회를 없앤 다음 삼림지대를 빠져나갈 수 있었을지도 의심스럽다고.

"……그 부분은 나의 판단 미스. 류토를 조금이라도 의심하고 말았으니까."

"멋대로 행동하지 마, 제발…….

용족의 긍지를 배운 탓에 일이 생기면 금방 화를 낸다.

덤으로 사차원 속성도 있어서 상대하기가 꽤 까다롭다.

"……정말 이걸로 된 거야, 류토?"

"뭐가?"

"······리즈를······ 두고 왔어."

뭐······ 나는 고개를 가로저었다.

"리즈는 아직 열 살짜리 어린애니까. 부모님과 있는 게 제일이
잖아."

"······하지만······ 리즈는······."

이 녀석은 정말 리즈를 예뻐했으니까.

나도 여기서 헤어지는 건 아쉽기는 하다.

릴리스가 여전히 불만족스럽게 오리 입을 내밀었다.

"리즈에게는 진짜 가족이 있어. 너도 가족이 얼마나 중요한지
알잖아?"

"······아버지."

그러며 릴리스가 아득한 눈으로 하늘을 올려다보았다.

"······응. 나도 이게 옳다고 생각해."

쓸쓸한 표정의 릴리스.

왠지 나까지 울적해질 것 같은 침통한 얼굴이다.

잠시 걸어가던 도중——.

"어이, 도령! 기다리게!"

에이브 노사라는 엘프 할아버지가 우리를 향해 달려왔다.

"무슨 일······ 엇?"

릴리스가 놀란 눈을 했다.

"······리즈?"

"릴리스 언니!"

리즈가 릴리스에게 달려가 품으로 뛰어들었다.

"아니 이게 어떻게 된 일이야?"

리즈 대신 나의 질문에 할아버지가 대답했다.

"엘프와 수인의 융화정책 방향으로 회담을 진행했네만——."

뭐, 나라는 폭력 장치를 이용하여 반쯤 협박하는 모양이 되어버렸지만, 본래 리즈의 부모님은 융화를 위한 준비를 하고 있었다.

엘프 저항조직에도 리즈의 아버지가 뒤에서 지원하고 있었던 모양이고.

덕분에 융화의 진행도 생각보다 빠르게 진행되어갔다.

"여전히 양쪽 진영에는 강경파도 많아서 말일세."

"그야 그렇겠지. 대체 얼마간을 싸웠는데, 그게 하루아침에 개선될 리 없지."

"그리하여 역시…… 리즈 양을 좋게 여기지 않는 자도 있네. 양국 왕족의 피를 물려받았고, 융화의 상징이기도 하니까 그렇겠지. 목숨을 노리는 자도 나올지 모르네."

"……그래서?"

"난민이 만든 개척지가 있다고 했었지?"

나의 부모님이 사는 마을은 현재 일손이 크게 부족한 상태다.

설탕과 마요네즈로 돈을 많이 벌고 있지만, 수요에 공급이 전혀 따라가지 못하고 있다.

게다가 애초에 수인과 엘프의 대립은 비옥한 곡창지대를 서로 뺏다가 벌어진 참극이므로 그런 제안을 했지만…….

그때 리즈가 미안한 듯 고개를 꾸벅 숙였다.

"아버지와 어머니에게 집을 나가 오빠에게…… 난민의 개척지에

235

있으라는 말을 들었습니다. 저기…… 그…… 정치가 안정될 때까지는……."

"으음…… 뭐, 일시적인 망명 같은 건가?"

그러자 엘프 할아버지가 껄껄 웃었다.

"아닐세. 리즈의 부모님은 저래 보여도 꽤 현명하거든."

"그러면?"

"리즈를 도령 곁에 두어 그들이 진행하는 융화정책이 무신의 비호를 받고 있다고 인식시키려는 것일세."

뭐야, 나까지 정치에 이용하는 건가.

엘프도 수인국에 갈 때 망설이지 않고 묻어간다고 했으니. 나는 그 뻔뻔함에 기가 막혀 어깨를 늘어뜨렸다.

"그러나 딸이 위험할지도 모르니 도령 곁에 두는 것이 가장 안전하다고 판단한 점이 가장 크겠지. 눈에 넣어도 아프지 않을 만큼 귀여워한 모양이니, 그것은 정말 힘든 결단이었을 거네."

나는 깊은 한숨을 내쉬었다.

여기서 내가 거절하기 힘든 것을 알고 리즈를 다시 보낸 거겠지.

정말 무시할 수 없는 자들이다.

"내 몸은 하나밖에 없어. 한시도 떨어지지 않고 돌보는 건 불가능해."

그러자 할아버지가 다시 껄껄 웃었다.

"……뭐, 내가 있지 않나. 웬만한 일은 어떻게든 되겠지."

"어, 어? 아니, 할아버지까지 나를 따라올 생각이야?"

"음. 나는 리즈를 돌보며 여생을 보낼 심산일세."

일단 겉으로는 무언가 정말 곤란한 일이 생기면 도와달라는 형식이다.

아, 정말 얕잡아 볼 수 없는 사람들이다. 이래서는 절대 거절할 수 없잖아.

그때 릴리스가 리즈의 손을 잡고 엘프 할아버지를 노려보았다.

"……호위가 당신뿐인 것이 걱정돼."

"무슨 말인가, 아가씨?"

"……나는 기숙사를 나와서 리즈와 함께 살겠어. 마법 학교는 통학하여 다니고."

그 모습을 보며 나는 오늘 몇 번째인지 모를 깊은 한숨을 내쉬었다.

"이제 마음대로 해. 릴리스도, 할아버지도, 리즈도 말이야."

"좋아…… 감사하네! 무신 도령!"

그리고 릴리스는 리즈를 양팔로 잡아 들었다.

"……내가 지킬게."

"응, 릴리스…… 언니."

그러자 릴리스가 자신의 볼로 리즈의 볼을 비볐다.

리즈도 싫어하지 않고, 정말 사이가 좋은 것 같다.

"그런데 도령?"

"왜 그래, 할아버지."

"이번 일로 도령의 존재가 세계 각국에 알려지게 되겠구먼."

그러고는 할아버지가 목소리 톤을 낮추고 말을 이었다.

"──세계가 혼란스러워질 텐데?"

"알고 있어."

각오를 다졌기에 힘으로 모든 것을 날려버렸으니까.

"그래서 하는 말인데, 너희 일단 라쿤 왕국이랑 동맹을 맺었잖아? 그래놓고 또 너희끼리 싸움을 시작하면 정말 일이 성가셔진다고."

"파죽지세로 판도를 넓히고 있는 모양이구먼. 얼마 전에 북동쪽 도시국가 연맹을 병합했다고 들었네."

"그래서 어때?"

"그는 요즘 가장 잘나가는 왕이 아닌가. 동맹이라니, 감사할 따름이지."

아무튼 주변의 국제관계에서 귀찮은 일은 한꺼번에 해결된 것 같다.

그때 바닥에 내려진 리즈가 나에게 천천히 다가왔다.

"류토 오빠?"

"응? 왜 그래, 리즈?"

리즈가 우물쭈물하며 다리를 꼬았다.

"저기…… 있잖아."

그러며 리즈가 볼을 살짝 붉히고 입을 열었다.

"──정말 고마워!"

"아, 이거 참…… 천만에."

나도 환하게 웃으며 리즈의 머리가 헝클어지도록 힘차게 쓰다듬어주었다.

막간 ~원탁회의 설립~

——5백 년 전.

극지라 불리는 토지의 가장 끝에서 나는 혼자 사투를 벌이려고
하였다.

이것은 결코 세계의 역사에 남지 않는 오직 한 사람의 마지막
결전이다.

환생자로서 이 세계에 다시 태어나, 여신의 실수로 본래는 두
개밖에 받지 못하는 치트 스킬을 50개나 받은 나는 마물 퇴치에
전념하게 되었다.

어느새 세계 최강의 검성이라 불리게 되었고—— 뭐, 치트 스
킬을 50개나 갖고 있으니 당연하다고나 할까, 남달리 강해졌다.

따라서 나는 좋든 싫든 이 세계의 치안에 대해 생각하지 않으
면 안 될 처지가 되었다.

거듭되는 대재앙—— 마물이 단번에 대진화를 거치면서 인간
의 생존 영역은 꾸준히 줄어들고 있다.

마물에 침식되어 점차 붕괴하는 세계.

그런 황혼에 물든 세계 속에서 세계 최강이라 불리는 것에 얼

마나 의미가 있을까.

　내가 살아 있을 때 대재앙이 일어나면 내가 해결할 수 있겠지만, 부정기적으로 찾아오는 대재앙은 막을 수 없다. 나의 수명은 무한하지 않다.

　따라서 전 세계의 책을 뒤지고 정보를 모은 나는 인간의 생존 영역의 밖으로 나가기로 했다.

　마계라 불리는 토지를 헤치고, 저주신이 다스리는 극지의 황야를 지나 저 끝까지.

　그리고 나는 초고대 문명의 폐허가 된 수도에 도달했다.

　무너져가는 초고층 빌딩들이 식물에 침식되어 모두 녹색과 회색으로 변한 공간—— 일찍이 육상 경기장이었던 곳에서 나는 마왕이라 불리는 존재와 만났다.

　열두 명이 있다는 마왕 중 한 사람, 신룡. 나의 등에 식은땀이 흘렀다.

　치트 스킬을 50개나 가진 내가 식은땀을 흘리다니…… 그 사실에 나는 전율했다.

　"인간의 아이여…… 이곳은 인간이라는 종족의 묘표. 어서 물러나도록 하라."

　"그럴 수는 없어."

　"이유가 무엇이냐?"

　"이곳이 대재앙의 원인이잖아?"

　"그럼 질문을 바꾸마. 왜 이곳을 찾아왔느냐?"

　나는 피식 웃으며 마왕에게 대답했다.

"남자라면 한 번은 해보고 싶잖아? 세계를 구하는 거 말이야."

그러자 마왕이 크게 한숨을 내쉬었다.

"너무나 욕심이 크고 무지하구나. 그렇다면 나는—— 묘표의 수호자로서 임무를 완수하겠노라."

그리고——.

사흘 밤낮에 걸친 격렬한 싸움 끝에 나는 신룡의 목을 보란 듯이 베어냈다.

"이거 진짜…… 피곤하네."

온몸이 피투성이가 되어, 뜯겨나간 왼손에 재생마법을 걸며 중얼거렸다.

어느 정도 회복된 것을 확인하고, 모든 악의 근원인 이 땅을 탐색해볼까…… 하고 일어난 순간 바닥이 흔들렸다.

터널과 같은 거대한 구멍으로 낙하하기를 수백 미터.

"비약 마법."

바닥에 깔끔하게 착지하자마자 나는 경악했다.

돔 형태의 지하 공간이 펼쳐져 있고, 그 아래 아까 봤던 것과 비슷한 폐허 도시와 빌딩들이 늘어서 있었기 때문이다.

그리고 그 빌딩들은 내가 아는 어떤 문명의 건축 양식에도 맞지 않았지만, 이 광경은……. 문득 현기증이 일었다.

"이곳……은……?"

정확히 말하면 나의 눈앞에는 무너져가고 있기는 하지만 내가 잘 아는…… 개 동상이 보였다.

"——시부야?"

──그리고 나는 폐허를 탐색하여 환생할 때 봤던 여신을 다시 만났다.

아니, 정확히 말하면 이쪽이 그녀의 오리지널이랄까.

생체보존용액으로 채워진 캡슐 너머로 그녀가 나에게 말했다.

"시스템 에러…… 스킬 50입니까. 과연, 수호자가 쓰러지겠군요. 알고 계십니까? 당신이 어떤 짓을 저지르고 말았는지. 마왕을 쓰러뜨렸다고요?"

"그보다 여긴 대체 어디야?"

그러자 여신이 우울한 표정을 지었다.

"시스템에 보존된 기억을 보여드리지요."

그와 동시에 나는 의식을 잃고 그 자리에 쓰러졌다.

그리고 몇 초 뒤, 나는 일어나자마자 여신에게서 몸을 돌렸다.

"어디로?"

"잠시…… 뒤에서 이것저것 움직이려고."

"무슨 말인가요?"

"미래에 태어날 용사의 도달지점인 직업: 인마황(人魔皇)의 해방 조건을 만족시키려고. 용사 본인의 조건을 만족시키는 것만으로는 어떻게 할 수 없는 일도 많으니까. 생명 전체를 관장하는 수호신의 토벌과 성룡맥의 파괴…… 할 일이 산처럼 쌓여 있어."

"그것이 달성되면 어떻게 되는지 아시죠?"

"응, 지표의 생명 대부분은 멸종되고, 종말의 시계가 다시 리셋되겠지."

"그래요. 그것이 모든 것을 알게 된 당신의 결론이로군요."

"바로 그거야."

"물을 것도 없겠지만, 그래도…… 그 동기는?"

나는 진심으로 미소를 지으며 이렇게 대답했다.

"남자라면 한 번은 하고 싶잖아? 세계를 구하는 거 말이야."

나는 살짝 고개를 끄덕였다.

이 일은 대단히 규모가 크다. 도저히 나 혼자서 끝낼 수는 없다.

"먼저 나 이외의 환생자를 모아볼까. 끝을 위한 시작을…… 하기 위해서."

마을사람 입니다만,
"I am a villager,
what about it?" 문제 라도?
Story by Arata Shiraishi, Illustration by Famy Siraso

후기

이번에 후기를 많이 써달라는 의뢰를 받았기에 솔직하게 생각한 바를 줄줄 적어보겠습니다.

드디어 본 작품도 6권입니다.

먼저 계속해서 일러스트를 담당해주고 계신 시라소 파미 님 및 담당 편집자님께 이 자리를 빌려 큰 감사를 전합니다.

여러분 덕분에 본 작품도 시리즈 누계 80만 부를 돌파하였습니다.

뭐, 만화의 숫자가 무척 크기는 하지만요.

그러나 밀리언을 목전에 두고 있습니다…… 이 기획이 시작되었을 때에는 이 숫자를 아무도 농담으로라도 생각하지 않았을 것입니다.

정말 말도 안 되는 대단한 일입니다.

감개무량하다고나 할까, 필자도 기겁했다고나 할까…… 아니, 정말 현실일까 자꾸 확인하게 되네요.

또한 만화판 출판사인 KADOKAWA에서 텔레비전 광고도 만들어주셨습니다.

광고 이외에도 인터넷 홍보영상도 만들어주시고, 성우(!)분의 열연으로 류토와 코델리아에게 혼이 깃들었습니다.

처음 1권이 나왔을 때는 일러스트가 있는 것에 기뻐했고, 이어서 만화화되어 기뻤고, 드래곤에이지의 표지를 장식하여 기뻤고, 이번에는 목소리가 생겨 기뻤고, 텔레비전에 나와 기쁘고······ 정말 감개무량합니다.

매우 잘 만들어진 영상이므로 꼭 인터넷에서 검색하여 봐주시면 좋겠습니다.

아무튼 꽤 여러 가지를 쭉쭉 썼습니다만, 아직 글자 수가······.

그런 연유로 화제를 바꾸어 저의 근황입니다.

덕분에 필자는 많은 소설을 출판하게 되었고, 만화 원작도 많이 맡았습니다.

그런 상태에서 가장 곤란한 것이······ 솔직히 후기입니다(웃음).

그리고 점포 특전 SS도 곤란하고요. 관계자에게는 매우 중요한 일이므로 대충할 수 없고, 즉 필자도 대충할 수가 없습니다.

왜 곤란한가 하면 후기고 SS고 모두 소재가 없기 때문입니다.

매달, 자칫하면 달에 두 번은 후기를 써야 하거든요.

게다가 만화의 SS며 권말 메시지를 써달라는 의뢰도 들어옵니다.

그 말은 즉, 이것도 꼭 필요한 중요한 작업이라는 뜻이지요.

모두 중요하므로 대충할 수 없습니다. 모두 진지하게 임해야 합니다.

필자도 필자대로 특히 SS는 무언가 재미있는 것을 하자며 노력하게 됩니다.

결과적으로 잘되지 않는 때도 있겠지만, 일단 재미있다고 생각하며 하고 있습니다. 그런 마음이 중요합니다.

꽤 많은 시간을 들여 생각한 끝에 소재를 떠올리면 이번에는 "이건 본편에서 다루는 게 낫지 않을까" 하는 문제가 발생합니다.

그리고 그 사이사이 무서운 교정 지시가 각 편집부에서 날아옵니다.

정말 괴롭히는 게 아닐까 할 정도로 프로 편집자의 엄격한 지적이거든요.

한창 울상을 짓는 사이, 만화의 콘티 확인도 각 방면에서 쏟아지는데 정말 여러 사람이 보내기에 할 일이 많습니다.

게다가 그러는 동안 새로운 SS 의뢰가…… 혹은 후기가…… 그런 식입니다.

또 그러다 다음 권의 마감이 다가오고…… 그 결과 지금처럼 온갖 고생을…….

뭐, 즐거운 비명입니다만 열심히 하겠습니다.

정말 힘들지만, 신기하게도 괴롭지 않은 까닭은 결국 글을 쓰고, 작품을 만드는 것이 즐거운 것이겠지요.

자, 이야기를 다시 본 작품으로 되돌려서. 이번 마지막 부분을 읽고 눈치채셨겠지만, 드디어 이야기도 절정에 접어들었습니다.

부디 마지막까지 함께 해주시기를 바랍니다.

"I am a villager,
what about it?"

Story by Arata Shiraishi. Illustration by Famy Siraso

Murabitodesuga Nanika? 6
©2019 by Shiraishi Arata
First published in Japan in 2019 by Shiraishi Arata
Korean translation rights reserved by Somy Media, Inc.
Under the license from MICRO MAGAZINE, INC., Tokyo JAPAN

마을사람입니다만 문제라도? 6

2020년 1월 8일 1판 1쇄 인쇄
2020년 1월 15일 1판 1쇄 발행

저　　　자	시라이시 아라타
일러스트	시라소 파미
옮 긴 이	이서연
발 행 인	유재욱
본 부 장	조병권
편집 1 팀	김민지 정영길 조찬희
편집 2 팀	김다솜 지미현
편집 3 팀	김효연 박상섭 임미나
라이츠담당	김슬비 박선희
디 지 털	박지혜 이성호 전준호
발 행 처	㈜소미미디어
인쇄제작처	코리아피엔피
등　　　록	제2015-000008호
주　　　소	서울시 마포구 토정로 222, 403호 (신수동, 한국출판콘텐츠센터)
판　　　매	㈜소미미디어
마 케 팅	한민지 한주원
전　　　화	편집부 (070)4164-3962, 3963　기획실 (02)567-3388 판매 및 마케팅 (02)567-3388, Fax (02)322-7665

ISBN 979-11-6507-248-3 04830
ISBN 979-11-5710-560-1 (세트)